私生活

Takuro
kaNki

神吉拓郎

P+D
BOOKS
小学館

目次

つぎの急行

なまあたたかい夜だった。

戸川は、国電を降りると、所在なげに、出口の方へ歩いて行った。乗り継ぐ筈の私鉄の急行に、まだ半時間もあった。私鉄の駅は、国電からコンコースで連絡しているのだが、構内で待っているのも退屈である。

戸川は、思い立って、ぶらぶらと駅前へ出てみた。

彼はこの街をいくらか知っている。

駅前の広場を取り囲むビルの群は、かなり立派な眺めだが、ひと側《かわ》入れば、そこはもう雑然とした横丁であり、パチンコ屋や、キャバレーや、小料理屋がひしめいている。更にもう少し歩き続ければ、その賑わいもかき消すように失せてしまって、暗澹《あんたん》とした家なみのなかに、トルコ風呂のネオンや、さびれた飲み屋の赤い提灯《ちょうちん》が点在するだけになってしまう。

戸川には、この、いかにも場末然とした街を歩くのが、一種の息抜きになった。多少見くだしているようなところもある。キャバレーの入口で嬌声《きようせい》を挙げているホステスの衣裳はひどく下卑《げび》ているし、この時間、おもてを歩いている男女たちの姿は、水商売なのか学生なのか、それとも勤め人なのか見分けもつき難いが、都心の勤め先から帰ってきた目には、一様にかなり野暮ったく見える。気安く馴染《なじ》めるというわけには行かないが、気が張るところもない。

戸川は、ひときわ毒々しくネオンの光が溢れた一劃《いっかく》へ、足を踏み入れた。

たちまち、キャバレーの客引きが甲高《かんだか》い声を掛けてきたが、あまりいい客とは見なかったのか、お座なりにひと声掛けただけで、すぐ朋輩との立ち話の続きに戻って行った。

彼はこうした界隈での冷かしが苦手だった。声を掛けられると緊張してしまう。うっかり受け答えをしていると、結局は連れ込まれる破目になりそうな気がする。

事実、甘言に乗せられて入った店で、気詰りな思いをした挙句にボラれた経験があった。荒い口はきけないたちだから、女の子に鼻面《はなづら》取って引き廻されたような結果になるのがオチだと、自分でも諦めている。

彼は、自分のそんな性格を、抑制の利く性格だからだと信じている。つまらない所で争ったりはしないが、しかし、いざというほどの大事に直面したら、その時は徹底的に人と争うだけの気概はあるのだと自負している。

ところが、妻の英子は、他人に対する彼のふだんの控えめな態度がじれったいらしく、或るとき、

「あんたは、ブレーキしかない人ね」

と、冷笑した。ブレーキだけで、アクセルのない車のようだと言うのだ。

そのとき、戸川は笑って受け流したが、その時受けた疵《きず》は、今でも消えていない。当の英子は、とうに言ったことなど忘れているが、その時を境にして、戸川は、夫婦間の理解などということを考えるのはやめにした。

「あら、もう帰るの。飲んでらっしゃいよ」

誘いかける女の嗄《しやが》れた声を聞き流しながら歩いていると、ひと足先を、覚束《おぼつか》ない足取りで行く男の後姿が目に入った。かなり酔っているようで、ぶつぶつと何か呟《つぶや》きながら、ごく緩慢に動いていた。歩くというよりは、むしろ、のたくるという方に近いかもしれない。

その横丁では、酔漢の姿など珍しくはないが、戸川が目を惹《ひ》かれたのは、その男の身なりや背恰好に、どこか見憶えのようなものを感じたからである。

誰か知人だろうか、という疑問と同時に、顔を合せたくないという気持が働いて、戸川は足を停めた。相手はしたたかに酔っているようだし、場所柄も感心しない。勤め帰りに、一人で、安キャバレーを冷かして歩いていたなどと吹聴されたりしたら、噂としても、あまり芳しいも

のとはいえない。戸川にもその程度の見栄はある。どうせ誰かと出っくわすのなら、もう少々ましな土地で願いたかった。

戸川が立ち停って様子を窺っていると、先を行く酔っ払いは、一軒のキャバレーの門口に佇んでいるホステスのところで引っかかってしまった。

なにやら濁声《だみごえ》を張りあげている。

戸川も、ちょっと気恥かしくなるような露骨な表現で、そのホステスのお尻の見事さをほめ上げている。それだけ見事なお尻に触れることが出来たら、男としてまさしく本懐だろうと思うが、ほんのちょっとその幸運に与《あずか》らせて貰えないだろうか、そんなふうなことである。

相手のホステスは、あからさまに厭な顔をして、棄てぜりふを吐くと店の中へ入ろうとした。

事実、盛りあがった見事な臀部《でんぶ》に戸川も目を惹かれた。そして、酔漢の眼識の確かさに感心した。

ホステスが逃げ腰になったのを見て、その酔っ払いは、勝ち誇ったように、追討ちの一言を放った。

「ざまあみろ、――」

その嘲りの言葉は、あまりに具体的で、そのままここに記すわけにはいかないが、要するに、非常に寛闊《かんかつ》な状態を表わす擬態語と、女性の或る部分の愛称を組み合せたものだった。

それを耳にして、彼女は勃然《ぼつぜん》と怒りを発した。くるりと振り向くと、怒鳴り返した。

「なにさ、助平」

次から次へと、機関銃のように、悪口雑言が彼女の口をついて出た。その辛辣で、奇抜で、露骨な表現には、すこし離れた物蔭にいる戸川の顔も赤らんでくるようだった。

酔っ払いの方も、すこしの間は負けじと逆らってみたが、何分にも不利だった。語彙も足りず、迫力も数段劣っていて、誰の目にも勝敗は明らかだった。

彼女の繰り出す言葉のパンチのなかでも、目立って相手を打ちのめしたのは、お前さんなぞは、家に帰って、配偶者にお願いをして、古くも懐かしいあの部分を舐めさせて貰っていればお似合いで、第一、舐めさせて貰ったこともありゃしないに違いない、と決めつけた一撃で、酔漢は、まともにその毒気を喰《くら》って、反抗する力も萎えてしまったようであった。そして、ぶつぶつと、言葉にもならない呻《うめ》きを洩らすと、よろめきながら退却を始めた。

思いがけず彼が自分のいる方へ戻って来るのを見て、戸川はたじろいだが、酔漢は、彼の姿など眼中にない様子で、前を通り過ぎて行った。

通り過ぎて行くときに、その顔を盗み見た戸川は、初めてその男がどういう種類の知合いなのかに気付いて、思わず声を挙げるところであった。そして、慌ててそれを呑み込んだ。

「草葉さんが……、まさか」

人違いなどである筈はないが、それでも、戸川にはまだ信じられなかった。彼と解ってみてもとても声をかける段ではなかった。

つぎの急行には、やっと間に合った。

草葉は、隣の車輛《しやりよう》に乗っていた。その時間になると、車内は空いていて、どこに坐ろうと勝手である。

戸川は、ときどき、硝子《ガラス》越しに、後の車輛の草葉の様子を窺っていた。

草葉は、すっかり酔が廻っているらしく、坐っていても、頭がぐらぐら揺れている。かっと目を開いて、なにか口走るようだが、すぐに目をつぶって、またぐらぐらと揺れ始める。いくつかの駅を電車が走り過ぎるうちに、とうとう横になって、どうやら本格的に眠ってしまったらしい。

草葉は、戸川と同じ団地に住んでいる。その団地は、一戸建の家ばかりで、草葉の家は、戸川の家の三軒ほど先にある。

比較的新しい団地だったから、どこの家も、まだ越して来てから日が浅い。

戸川の家は三年くらいになるだろうか。草葉の家は、もっと新しい筈だ。

戸川と草葉はほぼ同年輩で、三十代の半ばだが、ふだんのつき合いはなかった。ただ、団地の自治会で、顔を合せる程度である。

草葉は銀行勤めで、そこを買われて自治会の経理を引き受けさせられていた。さすがに本職だけあって、手馴れたものだと、一同から信頼されていた。

彼は、団地の人々に対する場合でも、すこぶる慇懃《いんぎん》で、戸川などは、彼と団地の運動会の支出の件で相談をするにも少々照れ臭い思いをした。もう少しざっくばらんにつき合って貰いたいと思っても、草葉は慇懃の衣を筍《たけのこ》のように幾重にも着込んでいて、いっかな脱ごうとはしないように見えた。

彼は、団地の中を通っている広い道路を歩くときでも、ビルの狭い廊下を歩くときと同様に、絶えず気を配っていた。向うから誰かが来ると、行き会う間際に、肩を狭《せば》め、半身になって、道を譲ろうとする気配を見せる。数人が並んで歩けるほどの幅があってもである。譲られそうになった相手は、思わずどぎまぎして、足並みに狂いを生じ、照れたように挨拶する。すると草葉は、慇懃に挨拶を返し、腰をかがめるようにして、相手が通り過ぎるまで、半身のまま待つのである。これをやられると、初めての人は恐縮しきってしまう。馴れた人でも、道の向うから草葉が、油断なく気を配りながら、まっすぐこっちへやってくるのを見かけると、なんとなく尻のあたりがむずむずするような、妙な気分に襲われるのだった。

草葉の細君は、背の高い美人である。いくらか神経質な感じだが、身だしなみのいい女だった。戸川は、ごくたまにすれ違う程度だが、彼女の身だしなみのよさに気がついていた。髪はいつもきりっと後に詰めて、バレリーナのようにまとめている。団地の、ほかの主婦たちは、どこかしらだらけたところがあって、歩きかたや口のきき方、服装などに、家庭生活や子供にかまけきった隙がまる見えなのだが、草葉の細君には、そんな様子は見られない。子供がいないということもあるが、美人なのに、どこか色気が乏しく、取りつく島もないような感じを抱かせる。

戸川の妻の英子は、彼女にあまり好感を持っていないようで、

「お堅いのよね。困っちゃうわ」

と、鼻で笑う。

「ひとりでクラシックなんか掛けて聴いてるの。凄いわよ、家のなかなんかぴかぴかに磨き上げちゃって、お掃除狂なのかしらん」

「掃除狂なんて羨ましいね」

と、戸川が、散らかし放題の我が家のなかを見廻しながら言う。

「あら、子供がいないせいよ。家《うち》みたいに二人もいてごらんなさい。片付けようがないわ」

「それにしてもひどい。惨状というべきだ」

「うるさく言わないでよ。私だって、子供がいなけりゃ、舐めたように綺麗にするわよ」

もののはずみで、そんなふうに話が捩《よじ》れるのはしょっちゅうである。英子は決して負けていない。戸川は苦笑して黙ってしまう。

欠点を衝かれると、英子は怒り狂う。言いつのった挙句、先に黙り込むのは戸川の方である。英子は、やり込められたから彼が口をつぐむのだと思っている。何度繰り返しても、欠点は欠点のままで、年毎に大きくなるばかりだ。女には、自省ということがないのかしらん、と、戸川は不思議に思ったことがある。英子が、ごめんなさいという台詞を口にしたのを、戸川は聞いたことがない。彼は、漠然と、いつかはそれが自分を彼女から離れさせて行く原因になりそうだと思っている。

「男の人は、みんな、美人だっていうけれど、草葉さんの奥さんみたいなのは、衛生的美人っていうのね。消毒薬の匂いがしそうで、魅力ないわ」

英子がそういっているところで、戸川は、はっと我に返った。つい、うとうとしてしまったらしい。

慌てて窓から外を眺めると、丁度、降車駅へ滑り込むところだった。よくしたもので習慣的に目が覚める。

ちらと隣の車輛に目を走らせると、草葉もやはり目を覚まして、きょときょとと、四辺を見廻していた。眠ったまま乗り過すんじゃないか、と、戸川が心配したのは杞憂《きゆう》だった。

草葉が、よろよろと降りて行くのを待って、戸川も電車を降りた。この駅の出口は、フォームの後尾の側にある。草葉の後に随《つ》いて行くには都合がよかった。草葉が一度、ベンチに腰を下しそうな気配を見せたので、ひやりとしたが、ただよろけただけだったらしい。彼はそのまま改札口の方へ向った。

彼等の住んでいる団地は、駅から歩いて五分ほどの道のりで、電車を利用する団地の人々は殆ど皆歩いて駅との間を往復した。自転車を使う人もいたが、酒を飲んで東京（彼等はそう呼んでいた）から自宅まで、タクシーで帰ったりする夜もあるので、かえって面倒なのである。それに、夜気で酔を醒《さま》しながら、ゆっくりと歩く風流を、彼等は愛していた。さすが郊外で、このあたりの気温は、都心よりもやや低く、夜風は冷えびえとしたものを含んでいて、酒で火《ほ》照《て》った頭に快かった。

驚いたことに、先刻まで、あれほど大酔していた草葉は、改札口を出ると、人が違うようにしゃんとして歩き始めた。姿勢を立て直し、目はまっすぐ前方を見詰めて、歩度こそ遅く不確かではあったが、はた目には、酔っている様子など微塵《みじん》も感じさせない、いつもの端正な草葉に戻っていた。

駅前には、いつも遅くまで店を開けている果物屋がある。そこの主人が、店を仕舞いながら、通りかかる草葉に声を掛けた。

「お帰んなさい」

「やあ、どうもどうも」

草葉は丁寧に挨拶を返しながら、通り過ぎる。

戸川は開いた口が塞がらなかった。つい一時間前に、ネオン輝く横丁で、濁声を張りあげて猥褻《わいせつ》極まりない罵《のの》り合いを演じていた酔漢はどこへ行ったのか、その豹変《ひょうへん》振りは、見事というほかはない。恐るべき抑制力というか、演技力というか、はからずも見てしまった草葉の二つの面と、その使い分けの鮮やかさ。

「見てしまった……という感じだな」

戸川は、前を行く草葉の背中を眺めながら、改めて舌を捲《ま》いた。

戸川が、自分の家の前で見送っていると、草葉が、彼の家の門を開けて入って行くのが見えた。

やがて、ドアが開いたらしく、表の道路に光が流れた。

「只今」

草葉の声が聞える。穏やかで、人の気持を落ちつかせるような響きがある。勤め先の銀行で、カウンター越しに客に応対するときもこんな声なのだろう。

「花の匂いがするわ」

草葉の細君の、弾んだ声がする。少女のように幅のない甲高い声である。夜気のなかに漂う微かな花の香に気を惹かれたらしい。

戸川は、その声を聞いて、最前のホステスの罵りの文句を頭に浮べた。お前さんなぞは家に帰って云々というその文句である。

彼は苦笑しながらポケットを探って鍵を出し、玄関のドアの鍵穴に差し込んだ。

英子は子供の学校があるので朝が早い。もう寝ている筈である。

たねなし

田谷は以前、あや子の店を覗くのが好きだった。

彼の細君は、ときどき、あや子の店で服を仕立てて貰っていた。彼女のサイズは、標準より大分大きくて、既製服だけでは賄いきれない。大女というほど背たけはないが、

「幅がねえ……」

と、彼女は苦笑する。結婚後十年かそこらで、めきめきと軀《からだ》が厚く、逞《たくま》しくなった。田谷から見れば、大したことではないように思えるが、彼女はそれを結構苦にしている。

夫婦連れ立って、散歩の途中に寄ったりするので、田谷も、あや子と、顔馴染になっていた。あや子の店は、駅の近所で、田谷の通勤の道にも近い。

会社の帰り、駅を降りると、田谷は思い立って、あや子の店の前を通ることがある。あかりが入ると、ささやかな洋裁店も、生きいきと、活気を帯びて見えた。硝子越しに、立ち働いて

いるあや子の姿が見えることもあるし、手伝いの女の子と話し合っていることもある。

表の道は、うす暗がりになっていて、店の中からは、通行人は影にしか見えない。だから、田谷は、店の前を通り過ぎる一瞬の間に、あや子の姿を気兼ねなく眺めることが出来た。それと悟られずに、一方的に眺めるということは、多少の後めたさと同時に、ちょっとした楽しみでもあった。

あや子は、美人というほどではないが、きりっとした小気味のいい顔だちをしている。年は三十そこそこで、今は独り身だが、離婚の経験があるのだそうだ。細身の割に、胸が大きく、田谷は、あや子と向い合うと、なんだか眩しいような気になる。田谷の細君も、昔はそんな軀つきをしていて、彼は結婚前その眺めを大いに楽しんでいたのだが、今は、その線はあとかたもなくなっている。

しかし、あや子に対する田谷の関心は、そのあたりまでで、たとえば彼女と浮気をしてみたいと考えたりしたことはない。もともとまめなたちの男ではなかったし、男女のことには、かなり飽満していた。あや子の発散するものは、どっちかといえば、田谷のなかにまだ残っている少年の部分に働きかけてくる。その感触は、淡く、清潔な、やや感傷的な翳《かげ》を帯びていて、彼は、その懐かしい感覚が、身うちのどこかから呼び覚まされ、また蘇ってくるのを、いちばん楽しんでいた。

或る日曜日、田谷夫婦が、あや子の店に入って行くと、先客がいた。

その中年の婦人客は、テーブルをはさんであや子と生地の品定めをしていたようだった。

田谷夫婦を見ると、あや子は笑顔で彼等を迎え、自分は立って、田谷の細君に椅子を譲った。

なにしろ小さな店なので、椅子はその場の人数に足りない。

そして、そこで、ちょっと不可解な一幕があった。

田谷たちが気がつくと、一つの椅子を、人形が占領していた。どういう種類の人形なのかよく解らないが、多分外国製らしいかなり大型の人形である。そして、その顔だちや、じっと見開いた目の具合には、外国の人形に間々《まま》見られる、どこか不健康なリアルさがあった。本当の子供かとほんの一瞬錯覚を起すような目つきであり、皮膚の色であった。

田谷は一見して、不気味な印象を受けたが、細君の方は、そうではなかったらしい。

彼女は、

「あら、可愛らしいお人形……」

と叫んで、その人形の方へ手を伸ばそうとした。

その時、横から素早く手が出て、人形は、その手に抱き取られてしまった。

抱き取ったのは、あや子の腕だった。

田谷の細君が驚いているのには知らん顔で、あや子は満面に笑みをうかべ、人形の頬を指で軽くつついて、

「ほうら和彦くん、此《こ》の小母ちゃまも、和彦くん可愛い可愛いですって、ぼくってもてるのねえ……」

と、本当の子供に対するように話しかけた。

そして、改めて田谷の細君の方に向き直ると、母親が子供を紹介するように、腕の中の人形の顔を見せた。

「和彦くんですの。どうぞよろしく」

田谷の細君は、どぎまぎしていたが、その場の空気から、あや子に調子を合せる必要があるらしいことは感じ取ったらしい。ふたことみこと愛想らしいことを呟いたが、手を出して抱く気はすっかり失せてしまったようだった。

田谷がちらりと盗み見ると、その婦人客は明らかに不興げな表情を浮べていた。その人形は、その女が連れてきたに違いなかった。

田谷たちを待たせて、女は、あや子に手短かに註文をした。そのやや権高な口調からすると、女はこの店では上の部の顧客らしかった。そして、また出直して来ると言い置いて、女は人形を抱き上げた。

彼女が田谷たちのそばをすりぬけて行ったとき、田谷は、その視線から、かすかな敵意のようなものを感じ取った。

「……私、なんだかしくじっちゃったみたいね……」

田谷の細君がいうと、

「いいえ、よろしいんですのよ」

あや子は気軽に打ち消した。

「……ちょっと変った方なんです。びっくりさせてすみません」

夏のスーツの相談がすんで、帰りがけに、あや子は、ぽつりと、さっきの女の身の上に触れた。

「お子さんのない方なんです。それで……」

その、N夫人は、それで人形を偏愛するようになったらしい。子供のない家では、しばしばペットの犬や猫などに、実の子に対するような愛情を注ぐことがあるが、N夫人の場合、人形が子供代りになった。

「わかったわ。だから、お人形なんていわれると一番傷ついちゃうわけね。悪いこといっちゃった」

田谷の細君は首をすくめた。

「すっかり嫌われたぜ」

「そうね。でも、あや子さんが、うまく取りつくろってくれたからよかったけれど、そうでなかったら、私、もっと決定的なことをいっちゃったかもね」

「そうだよ。危ないとこだった」

田谷は、N夫人の視線を思い出していた。

「……仕方ないさ。ぼくらには、子供のない夫婦の気持は、もう解らなくなっちゃったしな」

田谷夫婦には、二人の子供がいる。

あや子は黙って田谷夫婦の会話を聞いている。田谷は、あや子が煙草を吸っているのに気がついた。あや子が煙草を吸うのを見るのは初めてである。細く煙を吐き出すしぐさが可愛らしく見える。

N夫人は上得意だそうである。自分の服もそうだが、あの人形の服も、ほとんどあや子の店で誂《あつら》えるのだそうだ。

「お人形の服なんて、なんだか厭じゃない、あや子さん」

と、田谷の細君がいう。

あや子は微笑んで、

「でも、結構楽しいもんですわ」

と答えた。

「旦那さんの方はどうしてるのかしらね……」

田谷は素朴な疑問を持ち出した。

「……つまり、奥さんがああだと、旦那さんの方も一緒になって……」

「さあ、どうでしょうか。私は存じ上げないものですから。……でも、お友達の奥さんの話だと、とてもいいご主人だそうですけど」

「ほう」

そのあとで、あや子は、ちょっと口を滑らせた。というより、今まで誰かに話したくて仕方がなかったのを、とうとう打明けたという風でもあった。

「あの奥さま、ご主人のこと、随分ひどい言い方なさるんです。たねなし、っておっしゃるの」

(そりゃ、ひどいや)

田谷は、思い出すたびに呟いた。

(なんぼなんでも、たねなし、はひどい)

思い出すたびに、義憤のようなものを感じた。

義憤の代りに、戦慄のようなものを感じることもある。

(かりにも、自分の亭主じゃないか)

と思う。

面と向って言わないまでも、蔭で、平気な顔をしてそんな罵りの言葉を軽々と吐く女を恐しいと思った。

N夫人の顔を思い出すのも厭だった。

もし、自分が、その、たねなしだったら、そして、細君が自分の知らないところでそんな風に言っているのを耳にしたらどうだろう。

とても、ただでは済まされないような気がする。

逆に、妻の方に欠陥があって、子が出来ないとしたら、田谷は、彼女のことをそんな風に言い触らすだろうか。

(そんなことは出来やしない。意地に掛けても出来ない)

現実に二人の子持ちである彼が、そんなことに就《つい》て気持を労する必要はない筈なのに、田谷は、その言葉にひどく拘《こだわ》った。

「西瓜《すいか》や葡萄《ぶどう》じゃあるまいし……」

「え、なにが……」

知らず知らず、田谷は独り言をいっていたらしい。細君に聞き咎《とが》められて、彼は慌てて口を噤《つぐ》んだ。なまじっか男と女の違いに就て言いつのって、議論にでもなると面倒であった。

彼は、あや子が、その話を洩らしたときの前後の様子を思い返してみた。

あや子は、その、たねなし、という言葉を口にする前に、ためらいの色を見せた。ためらったということは、彼女が、その言葉の意味を十二分に知っていたからだと考えてよさそうだった。表面的な意味だけではなく、それの持つ侮蔑の響きや、その言葉を使うことの心なさをよく承知しているからこそ口に出すのをためらったのだと思える。

そして、N夫人の態度に就て、ごく控えめだが、動かし難い反対の色を見せたことも、田谷を快くさせた。

「利口な人なんだ。それに、充分大人なんだな……」

それにしても、たねなし、という言葉が、余人ではなく、あや子の口から洩れたとき、田谷は、たいへんエロチックな感動を受けた。あけすけに言いはなたれたならば、何気なく彼の耳を素通りしてしまったかもしれない言葉なのに、それに息を吹き込んで重くしてしまったのはあや子である。N夫人が冗談めかして言ったことが、あや子の中でどんどん濃縮されて、彼女の口を出るときには、のっぴきならない意味合いのものになったとも考えられる。

田谷は、なんとなく感心した。今まで遠くから眺めるだけで楽しんでいた彼女に、初めて女の体温を感じたような気がした。

それから何ヵ月かたった或る日、田谷が会社から帰って来ると、細君が待ちかねたように報告した。

「あなた、会ったわよ、また」

「誰に」

「あの人形の奥さんよ。駅前で会ったの。旦那さんも一緒だったわよ」

田谷は、興味をそそられた。どんな夫なのか想像がつかないままでいたからである。

細君の報告によると、N夫人の夫は恰幅のいい五十がらみの男だそうである。

「噂通り、とても良さそうな人よ。あの奥さんには勿体ないわ」

「ふうん。それで、あの人形も一緒か」

「勿論。しっかり抱いてたわよ。あの奥さん」

田谷には思いも及ばないことである。もし、人形を抱いた細君と連れ立って歩くとしたら、一体どういう顔をすればいいのだろう。

「旦那の方は、平気なのかい」

「平然としてるわよ。堂々たるもんよ」

「ふうん。じろじろ見てる人はいたかい」

「それがね。あまり気がつかないみたい。あれだけ大っぴらだと、却って目につかないのかもね」

「旦那の方も、すこしおかしいんじゃないのかね」

「そうは見えないわ」

「……で、挨拶をしたのか」

「するもんですか。私の方が先に見つけたから、本屋に入って隠れちゃったの」

「隠れなくたっていいじゃないか」

「だって……、厭じゃない。あの目つきで見られるだけでも厭だわ。失礼よ」

細君は顔をしかめた。

「それに、あの人形だって気味が悪いわ」

「そうだな」

田谷は、あの人形の目をはっきり憶えている。じっと見開いたまま、どことも判然としない一点を見据えた目。田谷の家では、下の息子が小学校に上った。上の息子は三年生になる。細君は、そろそろその子を学習塾に通わせなければならないと考えているらしい。

「まだいいじゃないか」

と、彼が取り合わないでいると、細君は露骨に不満の色を示した。

「いったい、将来何にするつもりなんだ」

「何にするつもりなんて、そんなこと子供の自由よ。でも、出来るだけのことはして置かなくちゃ」

「いいじゃないか。人間なんて、どうせなるようにしかならないよ」

いつの間にか、子供のことで、食い違いが出来始めていた。

「のんびりと、丈夫に育ちゃ、それでいいと思うがね」

「冗談じゃないわ。今どきそんなことを言ってたら、この競争社会で、おくれをとるばかりよ。あなたが責任のがれをするんなら、私がやります。それが親の義務よ」

田谷は、思わずこみ上げてきた言葉を、辛うじて呑み込んだ。そして苦笑した。子供には子供なりの伸びて行く力がある、子供は人形とは違うんだぞ、そう叫びたかったのだが、何かが強く彼を引きとめたようだった。あとになって、彼は、やっぱりいわないでよかったと思った。

間もなく、上の息子は、塾へ通うようになった。

田谷は別に何もいわなかったし、細君も彼に相談はしなかった。

田谷の会社は、少しずつ業績が伸び始めていて、活気を帯びていた。彼は仕事にかまけて、帰りも遅くなることが多かった。飲んで遅くなる晩もかなりあった。

思い出したように、或る夜、あや子の店の前を通ってみると、もう閉めたらしく、あかりも消えて、店はひっそりとしていた。

「ねえ、あや子さん、お店をやめるんですって」

細君から、そんな話を聞いたのは、その後しばらくしてからである。

「結婚するんだって。いい人が見つかったらしいの」

田谷は適当な返事に困った。当然といえば当然の話だが、つまらない成行きである。

「昨日挨拶に来て、永々お世話になりましたって、夏の服地いただいちゃったの。……それよりもね、びっくりしたわ。あの、人形の奥さんがね」

「ああ」

「家出しちゃったんですって。離婚宣言したらしいの」

「ふうん」

「あや子さんが聞いて来たんだけどね。原因はやっぱり子供のことらしいわ」

「へえ」

「子供を作れない男なんてどうとかこうとか、派手に啖呵《たんか》を切って、飛び出したんだそうよ」

「今更そんなことをするかねえ」

田谷は、溜息をついた。

「あら、でも、私、解らないでもないわ。女は、どうしたって子供が欲しいのよ」

細君は、いつの間にかN夫人の肩を持つようになったらしい。

「女は、やっぱりそうよ」


あや子の店には、すぐ買い手がついて、見る見るうちに建て替えが進み、やがて珈琲《コーヒー》屋が店を開いた。

まだ三十そこその、いかにも俄《にわ》か仕込みの若い店主が、珈琲を入れる。アイロンの利いたシャツに蝶ネクタイを結んで、なりは決っているが、珈琲の味は、ごく怪しげなものだった。

不思議なもので、一旦建て替ってしまうと、田谷には、以前のあや子の店が、朧気《おぼろげ》にしか思い出せない。思い描こうと努めると、ますます遠ざかってしまうような気がする。あの店も、あや子も、蜃気楼のたぐいではなかったかと疑いたくなる程である。

しかし、蜃気楼ではなかった証拠に、それから一年あまり経って、アメリカから一通の封書が田谷の家に届いた。

それは、あや子からの手紙で、開いて見ると、一葉の写真が同封してあった。

写真の中の二人は、あや子と、その夫らしかったが、あや子はすっかり太って、別人のように見えた。田谷がよく知っている筈のあや子の面影は、どこにもなかった。

手紙には、彼女と夫のアメリカでの生活が記されていたが、その末尾に、意外な数行があって、田谷夫婦を驚かせた。

〔……実は私もあっと驚いたのですが、例のN夫人、憶えていらっしゃいますね。離婚されましたが、その後、音信も途絶えてしまいました。ところが、もとのご主人の方は、再婚なさって、間もなくお子様が出来たそうです。たねなし、という言葉、あれは実は、事実無根だったのですね。原因は奥さんの方にあったらしいのです。同性ながら、女って恐しいものね……〕

丘の上の白い家

また、雨が、フロントグラスを濡らし始めた。

海沿いの町特有の、気まぐれな雨だった。

窓を閉めると、車のなかの空気は、たちまち蒸れて来た。

「どうも、通り過ぎたような気がするな」

小宮が呟くと、妻の千鶴子は、きっぱりと、

「いいえ、もっと先よ」

と、否定した。

その前の週に、電話で話したときに、尾崎は、雑貨屋の角を曲って、と目印を教えた。その雑貨屋が見つからないのである。

「手前だろう。見落したんだ」

「絶対に見落す筈がないわ。あたし、ちゃんと見てたんだもの」

千鶴子が、そう断言した為に、彼等は、その目標の店を探し当てるのにひと苦労した。千鶴子の確信にもかかわらず、その店は、かなり前に通り過ぎたあたりにあった。そして、彼等は今来た道を大分後戻りしなければならなかった。

「ああ、その店なら、ずうっと手前の方だ。随分来ちまったな」

道を尋ねた商店の親爺《おやじ》は、こともなげにそう言って、彼等が来た方向を指してみせたので、千鶴子は気を悪くした。そして、目指す雑貨屋をやっと見つけたときに、

「あれで雑貨屋かしらん。どうしたって駄菓子屋にしか見えないわ」

と、毒づいた。

彼等は、その雑貨の店でまた尾崎の家のありかを尋ねた。

店番の老婆は、彼の問いはあまり耳にとめずに、無遠慮に小宮と、車のなかの千鶴子を観察していた。ひとしきり眺め廻した揚句、そんな名前の家は、このへんには無いと言った。

小宮が辛抱強くあれこれと問いただしていると、傍で買物の品選びをしていた近所の女らしいのが、それなら丘の上の白い家かも知れんね、と、老婆に言った。

「いや、あの家は、そんな名前じゃねえべさ」

老婆は承服しなかったが、どうやら話の様子からすると、それが尾崎の家のように思えた。

「二年ばかり前に新築して、東京から越して来たんだけどね」

小宮が追っかけてそう言うと、その女は、

「……さあ、最近はそんな家が増えたで」

と、陽灼《ひや》けした首を傾げた。

それでも、女は、その白い家の家族に就て、多少知っているようだった。男の子が一人、近所の小学校へ通っていて、奥さんも、たまに見かけたことがあるという。

「痩せぎすで、目鼻立ちのはっきりした人でしょう」

小宮は、啓子の印象をこんな風に説明すると、女は、うなずいて、

「そんな感じだねえ」

と、老婆に相槌を求めた。

すると、老婆は、小宮の視線を避けるようにして、女の買った品物をまとめながら、

「愛想のねえ女だよ」

と、吐き棄てるように言った。老婆は啓子のことを明らかに見知っているようだった。

愛想のない女、という老婆のひとことで、小宮は、その奥さんが、おそらく啓子に違いないと直感した。小宮も、以前啓子に対して、その婆さんと同じような印象を抱いていたことがある。

その家へ行く道順を教わって、また車に戻ると、千鶴子はシートに反《そ》っくりかえって煙草をふかしていた。

車を出しながら、ふと見ると、老婆とさっきの女が並んでこっちを見つめていた。小宮は監視されているようだと思った。このあたりの連中は、みんな、探るような、疑わしげな目つきで、彼等を見る。ふだん東京では、あまり感じることのない露骨な視線である。小宮は、他人の庭先に知らずに踏み込んでしまったような、落ち着かない気分になった。

その角を入ると、道は急勾配の登りになった。濡れた舗装路は、薄く泥をかぶって滑り易い状態になっていた。

しばらく登って行くと、人家が疎《まば》らになった。いくつかカーブを曲ると、突然、展望が開けた。真っ白に塗られた家が、目の前の斜面の上に建っているのが見えた。

「あれだ」

小宮が指すまでもなく、千鶴子にも解っていた。彼女は溜息をついて、

「凄いところに建っているのね」

と、半分は呆れ顔で呟いた。

小宮も同感だった。天文台とか灯台とか、そんなたぐいのものを建てるにふさわしい場所のように思える。真っ白な建物というのも個人の住宅という観念からすこし外れている。そして、

なによりも、その白い家は、荒野のなかにぽつんとある西部劇の砦のように、全く周囲から孤立していた。

「海が見えるってのは、いいな」

小宮は目を細めながら、飽かずに、窓越しの景色を眺めていた。

そのあたりからは、海は遠景の一部である。

途中の丘陵や木立に遮られて限られた部分しか見えないが、雨があがって、西陽を受けた海は眩しく光っている。

「どうだい。越してきたら……」

と、尾崎が白ワインの壜をかかえて栓抜きを操りながら言った。

「そりゃ、いいかも知れないが、ここからはとても通いきれない」

「そんなことはないさ。このへんから東京に通ってる連中は、沢山いるさ」

尾崎は、今は横浜へ通勤している。以前は小宮と同じ会社で、同僚だったが、勤め先を替えてもう何年かになる。小宮とは入社以来の仲間だったから、彼が転職するまで、五六年はみっちりつき合った勘定である。小宮も尾崎もまだ三十をいくつも出ていない。

「まあ、やろう。……千鶴子さんはどこへ行ったんだ」

「そこらを見て廻ってるらしい」

つい今しがた、おもてで、千鶴子と啓子の声がしていた。小宮は、グラスを受けとった。

「冷えてる筈だが……。思いきって冷たくしたんだ」

「うむ」

「それじゃ、とりあえず、乾杯」

二人はグラスを上げた。

「冷えてる冷えてる。上等々々」

尾崎は一気に飲んで、軽い溜息をついた。いつからそうなったのか、鼻の下に髭《ひげ》を蓄えている。それがなかなか板についていて、しごく当世風に見える。

「よく似合うじゃないか」

「これかい」

尾崎は、髭についたワインの雫《しずく》を、指で拭う仕草をしてみせた。

「髭があるほうがいいよ」

「そうか」

髭がない頃の彼と較べると、顔にずっと柔らかさが出てきたように思える。小宮は、髭を生やした若い男は概して好きではないが、尾崎の場合は悪くない。以前の彼には、口の周囲に神経がむき出しになっているような観があって、小宮は、会社にいるとき、よくそれに目を惹《ひ》かれた。なにか尾崎の気に入らないことがあると、口のはたがひくひくと動き出す。たいていの場合、それは、気まずい事が起きる前兆であった。

(なんてったって、マジメすぎるんだよなあ……)

小宮は、何度か他の同僚にむかって、しみじみと尾崎のことをこぼした。こぼすけれども、悪くは言えなかった。小宮は初めから、そういう尾崎の性質を好いていたからだろう。もう少し要領が良くなってくれれば、と思わないでもないが、そうなって貰いたくないという思いの方が強かった。小宮なら、そんな場面に立ち至る前に、あっという間に逃《ふ》けてしまう。とにかく、尾崎のように、その場に根を生やしたまま、とことんまで闘う真似は出来ない。

「俺はね、コアラとおんなじなんだって」

尾崎は、小宮にそう洩らしたことがある。

コアラというのは、例の、オーストラリアに棲む小さな熊だ。ユーカリの木を好んで、いつも乗っている柔和な小動物である。

「どうしてコアラなんだ」

「どうしてコアラかというと、つまり……」

コアラは、危険というものに無感覚な動物なのだそうである。豪州は、乾燥地帯で、よく山火事が起きる。その火の手が、目前まで迫っていても、コアラは目をぱちぱちして、好奇心いっぱいに炎に見とれているだけで、逃げようともしない。その結果、山火事が起きるたびに、コアラの数が大幅に減ってしまうのだそうだ。

「誰がお前にそんなことを言ったんだ」

小宮が聞くと、尾崎は、にやにやして、

「まあ、誰でもいいじゃないか」

と、それ以上は話さなかった。それでも、尾崎は、他人にはその話をしなかったようで、それ以後、コアラの話は、どこからも小宮の耳には入って来なかった。

或る日、小宮が会社へ出ると、尾崎の姿がなかった。同僚の一人が、小宮を見るとすぐ寄ってきて、

「おい、まずいことになったよ」

と、袖を引いた。

前の晩に、その同僚は、尾崎と連れ立って、行きつけの新宿のバアへ寄った。すると、そこに、もうしたたかに酔った部長の大野がいた。その男は、一瞬、まずいな、と思ったそうで、それとなく河岸《かし》を替えるきっかけをうかがっていたのだけれど、その暇もなく、始まってしま

ったのだという。

争いの根は、啓子だった。

小宮も、その店で、ときどき、啓子を見かけていた。啓子は、その店に勤め始めてからそれ程日が経っていない。口の重い、暗い感じの女で、小宮には最初それ以上の印象はなかった。しかし、その後、尾崎が啓子にご執心だという情報があって、へえ、と驚いた。

啓子については、それ以前に、別の情報があった。彼女は、部長の大野の女で、その店に啓子が勤めるようになったのも大野の口ききなのだという噂である。啓子は子持ちで、その子は、大野の子だ、という説もあった。大野の日頃を考えると、そんなこともありそうに思える。大野部長は、隊長というあだ名を奉られていた。最初のあだ名は、斬り込み隊長であった。部下に多大の死傷者を出すからという含みがある。大野自身も突撃好きの人物だった。

啓子は、大野の女らしいという噂のために、小宮の会社の社員たちから敬遠されていた。啓子も、持ち前の愛想のなさから、いつも目立たない蔭に引っ込んでいた。ただし、気の強さは相当のものらしく、下手なからかい方をして、鼻白むような目に会った酔客もいるらしかった。尾崎が、なぜ彼女に惹かれるのか不思議がる同僚も多かった。小宮は、尾崎と彼女の仲が、どの程度進んでいるのか知らなかったが、大野の耳にも、そのことは、当然届いていたろうと思われた。

尾崎と大野の口論は、ご多分に洩れず些細なことから始まったらしいが、思わぬ大事になった。一時は、周囲のとりなしで、下火になりかけた口喧嘩だったが、大野が口をすべらせたことで再びこじれた。

「これが仕事の上でのことなら、決着がつくまでやり合ってもいいが……」

大野はこう言ったそうである。

「たかが女のことを根にもたれたんじゃあな」

大野がそう口走ったので、尾崎は開き直ってしまった。

「冗談じゃあない。仕事の上のことなら妥協もするし、折り合ってもやらあ。しかし、女の取り合いで、あんたと妥協するわけにはいかない」

それが尾崎の理屈だった。大野も頭に血が上ってしまった。そして、言いつのった揚句、尾崎は、手前の下なんかで誰が働くか、と啖呵《たんか》を切ったというのである。

尾崎は本当に会社を辞めてしまった。そして、店を辞めた啓子と結婚した。結婚式には誰も呼ばれなかった。

その後しばらく、小宮の頭から、その小事件のことは消えなかった。気をつけて歩いていても、人間は、どこかで他人とぶつかってしまう。そういう世の中が憂鬱であった。

馬鹿なことをしやがって、と、小宮は、尾崎のことを思い出すたびに呟いた。

数日前に、突然その尾崎から電話があった。

それまでの、かなり長い期間、小宮は、尾崎と啓子のことは忘れていた。

晩餐《ばんさん》のコースは、なかなか豪華なものだった。啓子の気遣いが感じられた。

「大したもんだな、啓子さんの料理の腕は」

小宮が感心すると、尾崎はさすがに嬉しそうだった。

「今日はとても張り切ってるんだよ」

「おいしいわ」

千鶴子は、おいしいを連発しながら食べていた。彼女は自分で作るよりも、食べる方がずっと好きである。

「俺も、家でこんな風に食べさせて貰いたいな」

「どういう風に？」

と、尾崎が聞き返した。

「ほら、タイミングだよ。丁度ひと皿が終る頃に、すっと次が出るでしょう。俺はこういうのが好きなんだよなあ。いちどきに並べられちゃうのって、好きじゃないんだよなあ」

「誰だってそうよ。だけど主婦が一緒に食べられないじゃない。啓子さんも一緒に食べて下さればいいのに……」

千鶴子は異議を唱えた。

「なあに、作るのと食べるのを同時には出来ませんよ。それに、台所で、適当にちびちびやってるから……」

尾崎は飲む手つきをしてみせた。

酔いが廻ってくるにつれて、小宮は気が軽くなった。

招待を受けて、この家を訪問するについては、いろいろな危惧があった。会社を移ってからの尾崎が、順調に行っているという噂を聞かなかったら、訪問は避けていたろう。大野の子らしいといわれる息子の顔を見るのも苦痛だった。啓子と顔を合せるのもいささか気詰りに思えた。啓子の方でもそうだろうという気がした。

つい二三時間前まで気にかかっていたもろもろが、今はすっかり薄れてしまったことを小宮は感じていた。

学校から帰ってきた息子を紹介されたとき、小宮はやっぱりその顔立ちのどこかに、大野の俤《おもかげ》を探そうとしている自分に気付いた。

息子は、痩せぎすの啓子には似ず、よく太っていて、目鼻立ちは、やはりどこか大野に似通うところがあった。千鶴子もそれに気付いたようだが、そぶりに出すことはしなかった。

息子は、小宮が土産に持ってきた魚釣り用のルアーがすっかり気に入って、陽ざしのなかで、何度もそれを振り廻しては、光り具合を試したあげくに、父親に、ルアー釣りに連れて行くことを約束させた。尾崎と、その息子のやりとりは、小宮たちにも快いものだった。

その夜おそく、小宮と千鶴子は、尾崎の家を出た。酔いがまだ少し残っていた。

「ああ、疲れたわ」

と、千鶴子がシートにふかぶかと身をもたせかけながら言った。

「ねえ、あの奥さんって、私たちを嫌ってるのかしら」

「どうして」

「そうじゃないとしたら、変ってるのね」

小宮には、千鶴子の言いたいことが解っていた。

食後のコーヒーを飲んでから、千鶴子が、洗いものの手伝いに立とうとすると、尾崎が手を振ってとめた。

「いいんですよ。明日の朝にするきまりなんでね」

それなら啓子さんもこちらへいらっしゃれば、と千鶴子が言いかけると、

「きっと、酔っ払っちゃって、寝に行ったんでしょう。酔うと、すぐ寝る人でね。すみませ

ん」

と、苦笑してみせた。小宮は、そんな尾崎を見るのは初めてだった。すっかり夫らしくなりやがって、と、微笑ましく思った。

小宮は手洗いを借りに立った。酔っていたので、場所が解らなくなった。ひょいと、明りのついている台所を覗いて見て、小宮は、はっとした。床に、なにか異様な動物が蹲《うずくま》っているのが見えたからである。

驚いて見直すと、それは啓子だった。啓子は死んでいるように見えた。それほど深く酔って眠りこけていた。台所の隅の床に、猫のように丸くなり、両腕のなかに頭を抱え込んでいる。その恰好は、打たれるのを必死で避けようとする小児の姿にも似ていた。

小宮は、少しの間、啓子の、その寝姿を眺めていた。そして目を逸らせた。じわじわとこみ上げてくるものを、なんとか抑えようとして立っていた。出来れば、髪を撫で、抱き上げて寝室へ運んでやりたいと思ったが、それは、後で尾崎のすることであった。

小宮は、坂の下まで来ると、車を停めて、窓から首を出した。

丘の上の家には、まだ灯がともっていた。

「なによ」

と、千鶴子は小宮の顔を覗き込んだ。

そして、夫の顔に浮んでいる表情に気付くと、とまどった時のいつもの口癖で、こう呟いた。

「おかしな人……」

ご利用

その女の顔が、テレビの画面に写ったとき、宇佐美は、思わず腰を浮かせた。

午後のショウ番組である。

ふだんは、そんな時間にアパートの自室に居たことがない。いつもなら得意先を駈け廻っているか、出先で昼めしを食べている時刻だ。

テレビに写っているのは、女の顔写真であった。なかなかよく撮れている。ワンピースを着て、笑っている。これといった特徴はないが、笑った表情に見憶えがあった。見間違いはない筈である。こうして見直しても、かなりの美人だ。

その画面の下の方に文字が出た。名前と年齢である。両方とも、その女が宇佐美に教えたのと違っている。

なるほどな、と、宇佐美は苦笑した。

彼が聞いた齢より五つ位いっている。

御主人と二人の子供を置いて蒸発してから三カ月、全く行方がわかりません、と、レポーターの男が喋っている。

なにからなにまで初耳だったが、顔だけは、あの女に違いなかった。

やれやれ、と、宇佐美は首を振って坐り直そうとした。その瞬間、ぎくっと痛みが走って顔をしかめた。前の日に、駅の階段を踏み違えて足を挫《くじ》いたのである。外廻りの商売が、満足に歩けないでは仕事にならない。電話で済ませられるところはそれで済ませてから、医者へ行き、手当てをして貰って、部屋に帰ると一息入れたところだった。

自称中根とも子というその女と縁が出来たのは、かなり前である。

或る夕方、宇佐美は、海岸に近い町にいた。目についた喫茶店に入って、珈琲を飲んでいた。手帳に、その日廻った先のメモを取っておく。

これは宇佐美の習慣である。

アイスクリームや、清涼飲料を冷蔵して置くストッカーの注文取りが、宇佐美の仕事である。食料品店や菓子屋は勿論、場末へ行くと、なんでも屋に案外この手の需要がある。

特に新開地の、新しい団地が出来た地域には、需要が多かった。

新店で、まだ設備が整っていないのを、当って歩く。他のメーカーのストッカーを使っている店では、それとなく機械の状態をチェックして置いて、次を狙ったり、新しい機種をすすめる。

その日の予定は、もう終っていた。やり過ぎると翌日が辛い。

手帳に、丹念に字を書き込んでいると、

「あら」

と、女の声がした。

見上げると、Tシャツにカラー・ジーンズの女が立っていた。

目をみはった顔に見憶えがあるような気がしたが、咄嗟には思い出せない。

女は、買物用らしい大きなバッグを提げている。

見たところ、家庭の主婦のように思えたが、此の町に、そんな知合いはいない筈だった。

女は、戸惑っている宇佐美の表情を見ると、幾分照れ気味に、

「いやあねえ……、忘れたんでしょう」

という。

「待ってくださいよ。ま、とにかく、どうぞ」

宇佐美がとりあえず向いの席を指すと、女はためらっていたが、すすめられるままに腰をお

ろした。小柄で、華奢《きゃしゃ》な顔だちなのに、Tシャツの胸が大きく盛り上っている。宇佐美は、心おだやかという訳にいかない。確かに見憶えはある。しかし、どこで会ったのかということになると、見当もつかない。

「駄目だなあ、俺も……」

「思い出して下さらないのね」

「はてねえ、そう詰め寄られると、益々解らなくなってしまう」

「知らないわ」

女は拗ねた口調になった。家庭の主婦にしては馴れなれしい口のききようである。

「弱ったな、どうも……」

困ったときの癖で、宇佐美は、額をこつこつと指先で叩いた。脂《あぶら》っぽい感触と、埃っぽい感触が同時にした。宇佐美は、ハンカチを取り出して顔を拭った。ハンカチには、たちまち薄黒い跡が付いた。

「ヒントを与えてくれませんかね、ちょっとだけ」

女は笑った。顔の白さに似ず、歯が黄色かった。歯ならびがすこし乱れている。見た目より齢なのかもしれないな、と、宇佐美は思った。

女は、面白がっているらしい。ちょっと焦らすように唇を湿してから、宇佐美だけに聞える小声で、こう唱えた。

「……さあ、ご利用、ご利用……」

「あっ」

宇佐美は、ぴしゃぴしゃと額を掌で打った。

「あのスーパーの」

思い出すと同時に、女が示した馴れなれしさにも納得がいった。

女は、駅前にあるスーパー・マーケットの店員である。宇佐美は、その町に来ると、そのスーパーに入って、昼食のサンドウィッチと麦茶の缶を買った。昼食用のパン類には、どこの店も力を入れているが、その店のサンドウィッチは彼の気に入った。隣の町では鯵《あじ》の押し鮨《ずし》を買う。彼の前任のセールスの男が、教えてくれたのである。

宇佐美は、その昼食を、海岸や、最寄りの小公園などで、ゆっくりと食べる。商談で飛び込んだ店で買ったり食べたりする手もあるのだが、彼はそれを野暮ったいやりかただと嫌っている。

陽気のいい間は、戸外の昼食が一番だった。気兼もなく、放心していられる。ついでにうとうとすることもあった。一人でいるときの彼は無愛想そのものの顔をしている。自分でも気がついているが、それは微笑外交の反動だと思っている。

そのサンドウィッチを買いに入ったとき、彼女が売場に居た。ちょっと人目を惹く美人だったし、彼女も充分それを心得ている様子だった。

宇佐美は、人と対しているうちに、別人のように賑やかになる。冗談口を叩いて、買物の時間を引き伸ばしているうちに、彼女もくだけた口をきくようになった。

「そのうちに誘いに来るよ。いいかい」

「あら、嬉しい」

「でも、奥さんらしいな。人妻はまずいかな」

「どうして、いいじゃないの」

「電話掛けるよ。何さんって頼めばいいの」

「中根とも子。どうぞよろしく」

浮きうきした口調だった。そして、宇佐美がちょっと引っ掛るような笑顔を見せた。

軽口をきくのは、宇佐美の商売の一部分だから、そんなやりとりはすぐに忘れてしまったが、考えてみればその時の女であった。

「そうだったよねえ、そうだった」

改めて、宇佐美は、とも子を眺め直した。

スーパーのお仕着せを着て、頭にひらひらした布をかぶっている時とは、また大分印象が違う。向い合っていると、いかにも人妻という感じが漂って来る。

「今日は休み？」

「ええ」

そういえば、駅前の店は開いていなかったなと宇佐美は気がついた。まだそれ程の齢ではないのに、なにもかも上の空になっている。宇佐美が内心苦笑していると、とも子は、彼の顔を覗き込むようにして、こういった。

「ねえ、どこかへ連れて行って頂戴」

宇佐美も察しの悪い男ではないつもりだが、こう切り出されて、少々あわてた。どう取ったらいいのか迷った。

「ねえ、奥さんいるの？」

「……いない」

「そう。……そうだと思った」

「わかるものなのかね」

「別れたの？」

「ああ」

「どうして？」

「どうしてか、よくわからない」

本当のところ、宇佐美には、何故妻が去って行ったのか、その理由が摑《つか》めない。今でもそうである。

男が出来たというのなら、それは、はっきりした理由である。もし、そうだったら、宇佐美にも納得がいったろう。自分以上の男前、自分以上の経済力を持っている男は、世の中にあふれている。彼だってそれ位のことは知っている。

妻がそれ以外の理由で去って行ったということが、暫くの間、宇佐美をずっと苦しめ続けた。宇佐美の方に過失があったわけではない。細々ながら、失職もせず、なんとかやっている。夫婦喧嘩になるような争いの種もなかった。それなのに、彼は見限られたのである。

別れたいといい出した妻に、彼は、その理由を問いただしたことがある。それに対して妻は、

「それをいったらお了《しま》いよ」

と、冷やかにいってのけた。宇佐美が、驚いて、なにか自分が、それ程の過失を犯したかどうか自問自答しているうちに、妻は実家へ帰ってしまった。妻の一族も、彼について根も葉もない噂を周囲へまき散らしたようである。その源は、多分彼女から出たものだろうと思われた。

夫婦別れをするときは、どっちかに、情人が出来たというのがいい、いなくても、いると言

い張った方が、お互いの為ではないか。宇佐美は、最近ではそう思うようになっていた。相手の人格の全面的否定を正面切ってやるなんて、血の通ったもののすることじゃない。

「ねえ、なに考えてるの?」

女の重たい乳房が、彼の横腹を押した。

足を絡ませ、鼻を鳴らす。

宇佐美は、彼女をこの旅館に連れ込むときに、ちょっとためらった。ところが、念を押すまでもなく、女は先にするりと狭い通用門を入った。彼が安心してあとにつくと、彼女は軀を寄せて来て、顔をそむけたまま、

「お小遣い頂戴ね」

と、素早く囁いた。

その間の良さに、宇佐美は感心した。

しかし、商売人かと思うと、意外に、女はすれていなかった。

連れ込み旅館に馴れていないらしく、軀を硬くして坐っている。落ち着いたように装ってはいるが、顔つきが変って、目が据わっている。

それを見て取ると、宇佐美の気持に余裕が生れた。珍しいものを拾ったような気がする。ズボンの前が痛いほど硬張ってくるのを、彼は久し振りに感じた。

「誰だったかな。あなたは女優の誰かに似てるね」

女は上気して、赤くなっていた。目が光っている。好色そうな光だった。笑っているのか上ずっているのか、不思議な表情をしていた。

座卓をそろそろと廻って、女の手を取ると、硬いものが手に触れた。小さなダイヤの指環である。宇佐美は、構わずにその手を引いて、自分の前に当てた。震えが感じられた。

宇佐美は、刺激を精一杯味わいたかった。前を開いて、女の手をまた引き寄せて握らせた。

女は目をそらさなかった。彼女も、貪慾《どんよく》に刺激を求めているようだった。

軀を合せると、女は、やはり人妻らしい反応を返して来た。馴れたことなのである。

「あんたのスーパーは、随分いろいろなものを売るんだね」

宇佐美が、からかうと、女はすぐその意味を悟って、宇佐美を睨んだ。

「いやあねえ、あなたが初めてよ」

まんざらの嘘でもなさそうだったので、彼は何故自分を選んだのか訊いてみた。

「気に入ったからよ。それに、此の町の人じゃないって聞いたし。用心しないとね」

「なぜ、急に思い立ったんだい」

宇佐美は、すこし意地悪な質問をした。

女は笑っただけで答えなかった。

「スーパーに勤めたのは、いつ頃から？」

「さあ、どれくらいになるかしら。でも、パートなのよ」

「勤めなくたって、別に困ることはないんだろう」

「子供もないし、亭主が帰ってくるまで、ぼんやり待ってるのが詰らなくなったのね」

「スーパーだって、仕事となりゃ面白くないだろ」

「面白いわよ。売場で通る人を見てるだけでも結構面白いわ」

「そういえば、パートの小母さんの方が、店員よりも面白そうに働いてるな」

「パートの仲間にも、いろんな人がいるしね」

「みんな、家庭に飽きて、働きに出た連中かね」

「いろいろよ。真面目にせっせと稼いで、家計の足し前にしてる人もいるし、凄くすれた人もいるし……」

「働くのは初めてかい？」

「結婚するまでは、信用金庫に勤めてたんだけど、スーパーなんて初めてでしょう。初めは、あのご利用、ご利用、なんて声が出ないのよ。恥かしくてね。馴れればなんともないけれどね」

馴れればなんともない、宇佐美の商売も同じである。なんの商売も同じである。そして、売春だって、馴れればなんともなくなるのだろう、と、宇佐美は思った。

「男の客に声を掛けるのなんか平気かい」

「あら、職業ですもん。平気よ」

「いい男を選んで声を掛けるんだろう」

ふふ、と、女は笑った。

「恐しいな。俺が結婚してたら、女房はパートに出したくないね」

「あら、案外ヤキモチ焼きなのね」

見ず知らずの人間を、平気で呼びとめる。そのひそやかな楽しみが、職業として正当化されているとなると、こんな面白いことはない。

宇佐美は、デパートやスーパーの食品売場でよく呼びとめられることがある。昼下りのそういう場所では、男の姿はあまり見掛けない。宇佐美のような職業の男か、老人くらいである。そんなときに、行手に立って、まつわりつくような視線を送って来る売り子に気がつくと、辟易して廻れ右をしたくなる。

ねっとりとした口調で、

「いかがでしょうか。ちょっとおためし下さって……」

と囁く売り子もいるし、

「さあ、ご利用、ご利用」

と、声高に誘うのもいる。黙って通り過ぎると、聞えよがしに溜息をついてみせたりする。

こんな時、宇佐美は、朧気に聞き知っている狭斜の巷《ちまた》に身を置いているような感にうたれるのである。

宇佐美と、中根とも子は、暗くなるまでその旅館にいた。

金を渡す段になって、とも子は、宇佐美が思っていたより多い金額を要求した。

宇佐美は、黙ってその金額を渡した。気まずく別れて、また会い難くなるのが嫌だったのである。

その鬱憤を、彼はこんなふうな当てこすりで晴らした。

「女はさ、あのとき、男の七倍楽しむんだって?」

「そういうわよ」

「それなのに、俺が腰を動かすと大金を取られるのは何故なんだ」

とも子は、こともなげに、

「世間では、そういうきまりなのよ」

と、取り合いもしなかった。

とも子が先に旅館を出た。宇佐美が時間を見計らって出ると、当然のことに、もう、とも子の姿は見えなかった。

その後、その町へ仕事で行ったときに、宇佐美は、とも子のいるスーパーに寄ってみた。売場に立っている彼女を、気づかれない遠くから眺めると、以前ほど生気がないように見えた。すこし痩せて、化粧をしていない。

彼が近づいて行くと、とも子は目を上げて彼を認めて、

「あら、しばらく」

と、頷いた。

店が退けてから例の旅館で会う約束が出来た。待っていると、とも子は時間にかなり遅れて、濃く化粧をしてやって来た。

「やばいのよねえ。早く帰んないと」

と、いいながら、吸いさしの煙草をそのままにして、スカートを脱ぎにかかった。

宇佐美は、興ざめな思いを隠せなかった。

肌も衰えかかっていた。

初めてのときは、それほど気にも留めなかったが、子供を生んだ軀だな、と、彼は今度はそ

う思った。ふと気がつくと、ダイヤの指輪は、ひと廻り粒が大きくなったように見えた。

その次に、その町へ行ったときには、スーパーの売場に、彼女の姿は見当らなかった。

宇佐美は、しばらく迷ったが、他の店員に彼女の消息を尋ねるのはやめにして、違う店で、折詰の弁当を買った。味もそっけもない弁当で、彼は腹を立てた。


テレビの画面に写った顔写真は、恐らく彼と知り合う以前の、その女だろう。

少々太り気味だが、明るい、美人の人妻である。

画面が切り替って、ショウの司会者が、ことさらに取り繕った顔で喋り始めた。

「……この奥さんは、お聞きのように、某市の駅前にあるスーパーのパート・タイマーとして働いていたのです。評判の美人で、性格もよく……」

その声と重なって、宇佐美の耳には、あの女の声がまだかすかに聞えるような気がする。

「さあ、ご利用、ご利用」

「ねえ、そちらの旦那さん、ちょっとお試しになりませんか?」

六日の菊

篠田が、〔うめ〕の女主人を相手に飲んでいると、少し遅れて小堀が来た。黒い服を着ている。暑い暑いと言いながら入ってくると、早速上着を脱ぎ、丁寧に畳むと、脇の椅子に置いた。

「なんだい、その恰好は……」

「いや、ちょっと」

と、小堀は澄ましてお絞りを使っている。

「黒服なんか着込んで来られると、お向いのクラブのマネージャーが、自前で飲みに来たみたいだぞ」

篠田が冷かすと、小堀はそれに取り合わずに、まずビールだと女将《おかみ》をせき立てた。注いで貰うのを待ちきれないように口へ運び、一気に飲み干して、溜息をつく。

「不祝儀か」

「うん」

あ、と、小堀は女将の顔を見た。

「浄《きよ》めて貰うのを忘れちゃった。……まあ、いいやな」

「いいさ、どうせ不浄な客ばっかり出入りしているんだから、なあ」

篠田がまぜっ返すようにいうと、女将も負けていない。

「お浄めくらいじゃ間に合わないかも知れないわ。そのうちに消毒でもしましょ」

「おいおい、蠅《はえ》取りデーじゃあるまいし」

篠田も女将も吹き出した。

「蠅取りデーか。……古いなあ」

小堀が、酒を飲みながら、なんとなく上の空でいるのを、篠田も女将も気がついていた。

そうかといって、いたく悲しんでいるという様子でもない。

「聞いてみなよ」

小堀が手洗いに立った隙をとらえて、篠田は女将をつついた。

「だって……、大丈夫？」

「大丈夫、泣いたりしやしないよ。大人だもの」

それで、女将が潮を見て切り出した。

「お身内ですの？」

「え？　ああ、叔母です」

「ははあ」

「つまり、叔父のつれあい。血のつながりはないんですけどね」

そう説明して、しばらく間があってから、小堀は、やや憮然《ぶぜん》とした表情でこう言った。

「生きてるうちに聞いときたいことがあったんだけど、……間に合わなかった」

そんな会話から糸口がついたと見えて、小堀は、ぽつりぽつりと、その叔母について話し始めた。

戦中の、まだ小堀が中学校へ入学したての頃、彼女は小堀の叔父のところへ嫁に来た。

小堀の父は長男で、その叔父は四人兄弟の末だったから、いちばん若い叔母である。器量もいいし、初々しい新妻ぶりがいかにも匂やかで、小堀は初対面のときから、無条件に彼女が気に入ってしまった。

祝いごととか、法事とか、親戚一同の集まりがあった時などには、末座に近く控えていても、その若い嫁の存在は目立った。

小堀の父も、この末弟の嫁がお気に入りだったし、小堀は少年ながら、親戚のなかにこの若くて美しい叔母がいることを誇らしく思っていた。

しかし、時代は、この、結婚後まだ日の浅い夫婦にも厳しかった。

叔父は召集され、三年足らずの結婚生活を営んだ家庭から引き離されて、軍隊へ送り込まれた。二三度の面会の機会があったきりで、叔父の属する部隊は中国へ転出し、その後、この夫婦には再会の日は来なかった。

叔母は、夫の出征後、間もなく小堀の祖母の家へ移った。女一人で留守を守るのは心許ないだろうということもあったし、末っ子の嫁を身近に置いておきたいという祖母の希望が強かったのだろう。身内のことなど頓着しないたちの祖父とは正反対に、祖母は賑やか好きで、世話焼きで、自分の意のままに、親戚うちに君臨していた。

小堀の父は、この自分の母親に、蔭で、西太后という綽名《あだな》を奉っていた。小堀は、自分の、中学の東洋史の教科書で、初めて西太后の写真を見たときに、なるほど、と、感心した。

祖母の性格については、ふた通りの受けとりかたがあって、勝気で自惚《うぬぼれ》の強い鼻持ちならぬ女という評と、才気煥発《かんぱつ》の面白い老女だとする贔屓《ひいき》めのものとがある。面白がる方は概して男たち、それも、ごく当り障りのないつき合いの間柄の人々である。身内の、特に嫁たちは戦々兢々《きょうきょう》としていたようである。

叔母が、祖母の家に移ることになったと聞いて、義姉たちは口々に、

「雍子《ようこ》さん、大丈夫かしら、息が詰まっちゃうわよ」

と噂をした。雍子は、それからずっと祖父母と同居生活を続け、夫の戦死の報も、その家で受けた。祖父母は長寿を保って、つい十年ほど前、相次いで他界したが、その最期を看取ったのも雍子だった。夫の死後、独身のままだった。


「さて、ここまでの話だったら、僕も、別にこだわることはないんだが、どうも気になることが一つあるんだ」

小堀は、逐一話してしまう気になったらしく、酒盃を取り上げて、口を湿すと、坐り直した。

「あなたは、箱根にあったうちの別荘を知ってたっけ？」

「ああ、憶えてるよ。一緒に行ったことがあった。仙石原《せんごくばら》だった。ええと、高等学校へ入った年だから、終戦直前かな」

「そうか。……あすこに、別荘番の夫婦がいたろう」

「ああ、かなり年のいった……」

篠田は思い出した。小堀と彼は、中学の同級生で、今でも二人で同期の会の肝いりを勤めている。〔うめ〕で待ち合せたのも、その打合せという名目である。

「戦後も随分になってから、あの婆さんの方が、ちょろっと口を滑らしたんだがね」

小堀には思いもかけない話であった。

戦争の真っ只なかの或る日、雍子が男連れで、箱根の別荘に来ると、ひと晩泊って行ったというのである。

小堀は、それを聞いて、あの叔母もやるものだな、と思った。それにしても、まだその頃は叔父の生死もはっきりせず、皆が気を揉んでいた時期の筈である。あの雍子が、刹那《せつな》的な浮気に走って、そんな無分別をするとも考えられない。どうも腑に落ちないところがある。

そこで、婆さんを追及してみると、また、意外な線が浮び上って来た。その前日、祖母から別荘へ電話が掛って、雍子と連れをそちらにやるから、その用意をして置くように、と、直々の言いつけであった。

「そして、そのことは、絶対に他言無用、夫婦の胸だけに納めて、誰にも洩らすなと、厳しく念を押されたんだそうだ。

それを聞いてね、僕にも、うすうす事情が解ってきた。恐らくその箱根行きは、祖母の指し金に違いないと、ぴんと来たね」

「しかし、それも妙な話じゃないか。大事な息子の嫁をわざわざけしかけて浮気をさせるのかい？」

篠田は呆れた顔をした。

「そこが、祖母一流のお先っ走りなんだよ。祖母は、叔母がふさぎ込んでいるのを見て、これはまさしく慾求不満の結果だと思い込んだんだろう。そりゃ、どんな女房だってふさぎ込むわね。結婚数年で亭主を取り上げられちゃあね」

「そうだろうな」

「事実、その頃の叔母は、沈んでいたようだ。世話焼きの祖母は、毎日その叔母の顔を見るのが辛くて仕方がなかったんだろうと思う。それでたちまち思いついた。慾求不満につける薬は、ひとつしかない」

「あら、どんなお薬？」

と、女将がふざけた。

「知らっぱくれちゃいけない。とにかく、祖母は考えたんだね。誰か適当な男はいないか、後腐れのない、口の堅い男が……」

「雍子さんが厭がることだってあるだろう」

「そのへんが難しいところだけれど、祖母には自信があるからね。そこらのポン引きなんか足もとにも寄れないだろう。結婚話をまとめるのでは名うての人だったからね」

「ふうん」

「お膳立てが出来たところで、或る日、叔母を呼んで、こう言い渡す。雍子さん、あなたも、たまには骨休めして、気晴しをしてらっしゃい。一人じゃ淋しいと思って、誰それさんに連れて行って貰うように手筈がしてあるからね。楽しんで来るのよ。……まあ、そんなふうにいうんだろうと思う。浮気をしてらっしゃいなんておくびにも洩らさない」

「粋《すい》をきかす、というやつだな」

「芝居っ気たっぷりな人だからね。そういうのが大好きなんだ」

「そうか、そして、元気のいい男と女が、二人だけで出掛けて行けば、結果はおのずと……」

篠田も小堀も溜息をついた。

「難しいところだな……」

と、篠田は、酒を舐めながら感想を洩らした。

「……美談というか、生臭いというか、微妙に意見が分れそうな話だが……。そんなことがあったのかねえ。俺たちは丁度少年と青年の境だったから、ただ腹が減るだけで、そんな世の中の蔭の部分まで目が届かなかったが」

「あの頃、その話を聞いたら、頭から不潔だと思ったろうな」

「うん、しかしあなたは、今でも半分裏切られたような気がしてるんだろう?」

「初めはそうだった。少年の頃から持ってた叔母のイメージが崩れたんだからね。しかし、今となると、また違う。その箱根行きが大成功だったらよかったという気がしてるね」

「同感だな」

「ひょっとするとね。祖母は、叔父が戦死したものと決めていたのかもしれないと思うよ。そして、箱根行きが、先の方で叔母の再婚とつながればいいと……。そんな読みもあったんじゃないかって気もするんだがね」

「その男とか……。ふうん」

「とにかく、叔母に聞いておきたかった。今ならば、あの叔母とだってかなりあけすけな話も出来るような気がしてたんだ。なにしろ、関係者は全部死んじゃって、叔母だけだったからな」

「そうか、全部亡くなったのか」

「そうなんだよ。戦争の頃の話で、何か確かめて置きたいことがあったら、今が、聞いておく最後の機会だね。もうぎりぎりなんだとよく解ったよ」

小堀の感じていることは、篠田の感じていることでもあった。

(いく時代かがありまして……)

学生の頃に読んだうろ覚えの詩の断片が、篠田の頭をふっとかすめた。

「相手の、その男も、もういないんだろうね」

「さあ、解らない。その後、叔母とつき合っていた様子もないらしい。別荘の婆さんの話だと、祖母の家へ時々来てた人だそうだ。山屋さんとかいって、画かきだったというけれど……」

「山ちゃんだ」

女将が突然口をはさんだので、小堀も篠田も驚いた。

「そうなんだ。山ちゃんに違いないわ」

「知ってるのかい」

「山屋……、伍郎っていったかしら。山ちゃんって呼んでたの。そうよ、画かきよ」

「驚いたな。知合いかい」

「知合いなのよ。その頃は横浜にいたのよ」

「そうか、祖母の家も山手だったしね。これは符節が合う。どういう知合いだったの」

「戦後よ。あたしは、はたちになったばっかりで……」

女将は上気した顔になっている。

「……あたし、新橋の酒場にいたの。戦後何年経ってたかしら。夜は酒場に出て、昼間は画のモデルをしてたの。笑わないでよ。とにかく食べて行かなくちゃならなかったし。……誰も同じよね」

「……その酒場に時々彼が顔を見せてたの。三十半ばという感じだったわね。この人どういう人なんだろうと思ったわ。大きくて、柔和っていうのかしら。あの頃は、みんな殺気立った顔してるか、草臥《くたび》れきってるか、どっちかでしょう。山ちゃんは荒《すさ》んだところを見せない人なので、却《かえ》って目についたのね。あたし、山ちゃんは戦争に行かなかったのかと思ったら、中国で負傷して早々と帰って来たんですって……」

「それで、惚れちゃった」

「惚れちゃったの。頼まれて、時々モデルをしてるうちに……。あの人、何枚かあたしを描いてるの」

「モデルって、裸のモデルかい？」

「裸にもなったわよ」

「見たかったなあ」

と、篠田が言った。

「見せて上げましょうか」

「今は見たくない」

「ほら、からかうだけなんだから、篠田さんは……。とにかく、あたし、夢中になっちゃって、一緒になりたいと思い詰めたの」

篠田と小堀は顔を見合せた。

「可笑《おか》しくないんだってば。……悲しい話なのよ。モデルのポーズしてて、段々顔がゆがんでくるのが自分で解るの。そのうちに、涙がぽろぽろ、ぽろぽろってこぼれて来て、そしたら山ちゃん、驚いてね。どうしたのかって」

「それで、結婚してくれるって話になったのかい?」

「そうだったら、今頃は家に引っ込んで、たるんじゃって、もっと太ってるでしょうね。何度も何度も口説いたんだけどねえ。あたし、苦手なのよね。その時に、初めて、戦争中の、その雍子さんの話を聞いたの」

「聞いた? その、山屋さんが、あなたに話したの?」

女将は頷いた。小堀も篠田も思わず溜息をついた。

「世の中って狭いのね。その話、もう忘れかけていたところなんだけれど、或る晩、山ちゃんがあたしに話したの」

「……だいたいは、小堀さんの想像した通りなのよ。最初、小堀さんのお祖母さまに相談されたとき、山ちゃんは、正直どきっとしたらしいの。内心雍子さんのことを好きだったらしいのね。その気持を見すかされたような気がして、冷汗をかいたっていってたわ。それをなんとか押しかくすのに苦労したって。山ちゃんにとって、そんな都合のいい話はないんだけど、気持は苦しいのね。なんだかいかにも便乗したみたいで、軽い気持にはなれなかったんだわ。けれど折角の機会を逃すのはいかにも残念だし、雍子さんを好きなだけに、大分苦しんだようよ」

女将は、小堀を見詰めて、こう言った。

「小堀さん、保証してもいいけど、雍子さんと山ちゃんの間には、なんにもなかったのよ」

小堀はまじまじと女将を見詰め返した。

「なぜそんなことが解るんだい。山ちゃんがそういったのかい?」

すると女将は、いささか悲しげに首を振ってみせた。

「いわなかったわ。でも解るの。山ちゃんが中国の戦場で負傷したっていったでしょう。あの人脊椎を傷めてるのよ。それが原因なのか、駄目なのよ」

小堀と篠田が言葉に窮していると、女将は、帯の間から煙草を取り出して、顔をそむけるように火をつけた。

涙ぐんでいるのかな、と、篠田は思った。

「……そんなわけでね、山ちゃんとあたしの間も綺麗なものよ」

彼女は、吐いた煙の行方を目で追いながらいった。そして、一瞬の後には、もう自分を取り戻していた。

「今日三本目の煙草よ。やめられないものね」

篠田も小堀も、その煙の行く先を眺めながら、黙っていた。

「小堀さんのお祖母さまは、お気の毒なことに、山ちゃんのあれに就てまでは、ご存じなかったのね」

くっくっくっという押し殺したような声を聞いて、篠田は、一瞬、小堀が泣き始めたのかと思った。両手の中に顔を埋めて、真っ赤になっている。

真っ赤になって笑っている。

「そうとは知らなかったな……、そうとは知らずに……」

小堀は声をあげて笑った。

「そう笑うな。仏さんが目を覚まして怒るぞ」

篠田もにやにやして、小堀をたしなめた。

「そうか、そういう結末だったのか。しかし、そうすると、叔母も人が悪いな」

「どうして？」

「帰って来て、祖母にどんな顔をしてみせたんだろう」

「そりゃ、いろいろ有難うございましたって……、そういわなくちゃ親孝行にもならんし、しかし、困ったろうね」

「あの叔母が、一世一代の芝居をしたと思うと、可笑しくて」

「女ですもの。それくらいの嘘は、誰だってつくわよ」

と、女将がいった。

「その山ちゃんは？」

「亡くなったわ。四五年になるかしら。心機一転して、子連れのお嫁さん貰って、しあわせそうだったわ」

帰りがけ、同じ方角へ帰る篠田を送って来た女将は、車を降りる彼に、

「ねえ、六日の菊って、こういう時にいうの？」

と聞いた。

それをいうなら、十日の菊だろう、と篠田は口に出しかけて、やめた。

警戒水位

銀行を出ると、すぐ、角を曲った。

ともすれば足早になろうとするのを抑える。

通りを渡ると、その先のビルに、ショッピング・アーケードがある。

一階の全部を十字型のアーケードが占めていて、四方に入口がある。

入口は自動ドアになっている。開くと、冷気が溢れ出て彼を包んだ。

午後のアーケードは閑散としていた。

彼は、ひとつのウインドウの前で立ちどまった。なかの商品をのぞき込むようなそぶりで、
今入って来た口の方を盗み見る。

誰かに尾けられている様子はなかった。ただいつもの用心である。

もし、尾けられていても、三つの出口がある。それは、彼にとって有利な筈だった。何軒も

の店も、隠れ蓑《みの》の役に立ちそうだ。

永年、経理の仕事をしていても、危ない目に遭ったことはない。しかし、用心深さだけは身についている。

アーケードのなかほどに、公衆電話がいくつか並んでいる一画がある。

彼は、手に提げた黒革の鞄を、足下に置いた。自分の脚と、壁の間に置く。彼を突きのけない限り、その鞄を攫《さら》って行くことは出来そうにない。

会社の電話番号を廻す。

交換手が出た。

「石山だ。社長室を……」

しばらく向うの声が途切れる。

聞き馴れた女の声がした。社長秘書の声である。

「外出中なんです。出先はわからないの。五時には帰りますって」

別に用事はなかった。ただ連絡だけしておけばいい。

「今、銀行の方の用は済んだ。これから、蒲田の方へ廻りますって、それだけ伝えてくれればわかる」

それで充分だった。電話を切ると、急に胸が高鳴った。

すくなくとも一時間半、社長が帰って来て、あわてだすまでに二時間はかかるだろう。それまで、彼の行動に関心を持つものは誰もいない。

生涯に一度のチャンス、とはいえないまでも、条件は申し分ない。石山がその会社に勤めてから廻り合ったそうした機会のなかで、いちばん条件が整っている。彼には、今迄の経験からこれが十年に一度、もしかしたら、二十年に一度の場合であることが痛いほどわかっている。

彼は足下の鞄を取り上げると、胸の内で、その重みを計ってみた。ずしりと持ち重りのする現金。はた目に見れば、ただの黒い鞄だが、その重さは、石山のこれからの人生を含めた重さでもあるように思われた。


その日の昼前、石山は社長の倉本に呼ばれて、現金を或る男に届けるように頼まれた。社用というよりは、社長の個人的な頼みである。多額の金を動かす場合、たとえば給料とか公金の場合は、経理の屈強な若手が二人で組んで行く習慣になっている。往復も会社の車を使う。ごく規模の小さい会社だから、旧態依然とした方法を取っている。

この日の用事は、経理の与り知らない性質の仕事であった。

なんの為の金なのかも、よくわからない。

従って、会社の車も使わない方が賢明だった。後日なにが起きても、石山ひとりが口を噤んでしまえばそれで済む。そういうたちの金であるらしい。

以前にも一度、石山は、倉本に頼まれて、その用事をしたことがある。

銀行へ行くと、支店長室に通された。そこのテーブルの上に、同じような黒い鞄があった。石山が鞄を開いて金額を確かめ、受領証にサインする間、支店長室には、支店長以外誰も入って来なかった。

その金の届け先は、国電の蒲田駅に近いビルの一室だった。

それ程広くはない事務所ふうの部屋で、入口のドアには、或る人物の姓を冠した事務所の文字があった。政治家とか、或る種のコンサルタントとか、そんな匂いのする事務所だと石山は思った。家具にも内装にも、金の匂いがした。

応接に出た若い女に来意を告げると、奥の部屋のドアが開いて、若い男が出て来た。石山が来ることは誰も承知らしい。その身なりのいい若い男は、にこやかに鞄を受け取ると、労を謝し、倉本さんによろしくお伝え下さるように、といった。用事はそれで終りであった。領収書を貰《もら》う必要はないといわれていた。

石山は、奥の部屋にいる筈の、この事務所の主の顔をひと目見てみたいと興味をそそられたが、奥のドアは、とうとう開かず終《じま》いであった。

石山には、その現金が、どういう目的の為のものか、見当もつかなかった。その後、それとなく社内の誰彼に当ってみても、そんな金の動きに就て知っている男は誰もいなかった。

銀行は、倉本の為に、金を用立ててはいても、それから先は知らない。その金の流れて行く先を知っているのは、どうやら倉本と石山の二人だけらしい。金は、会社の経理とは無関係に、倉本個人と銀行との取引きによるもののようである。そして、倉本以外は、石山さえも、その金の性質について知らないのだ。

石山は、とりたててそれ以上に、その金に就て知りたいとは思っていない。会社というものは、いろいろな金の使いかたをするもので、表もあれば裏もある。自分の仕事の領分を越えて、妙なところへ首を突っ込むことはしない主義でそれまで通して来た。倉本はワンマンともいえる社長だし、かなり荒っぽい商売をする男でもある。そのお蔭で伸びて来た会社ともいえるし、社長の独断がまかり通る会社でもある。仕事の上でも、社長の倉本にしかわからない部分というのもあった。

社員のなかには、それが不満で反抗的になる者も多かったし、無気力になるのもいた。

「働き者の社長を持つと辛いよ」

と、弱々しく洩らすのもいれば、

「こんな前近代的な会社には居られねえ」

と、勢よく飛び出してしまう男もいる。

以前に飛び出した一人の同僚と会ったときに、その男は石山に向って、

「よくあんな会社に居られるなあ」

と、憐れむようにいった。

「……勇気を出して、おん出たらどうなんだ」

それに対する言い分は、ちゃんとあったのだが、石山はそれを口に出さなかった。上手に説明出来ないような気がしたからである。そのとき、石山はひどく辛い思いをした。その男のいったことは、深く刺さった棘《とげ》のように、今でも彼を苦しめている。

「……勇気がないわけじゃない」

石山は通りを横切りながら、そう呟いた。

すぐ前を歩いていた通行人が、驚いたように振り向いたが、よく聞き取れなかったのだろう。首をすくめ、また背を向けて歩き去った。

道路の照り返しは強く、口のなかは、からからに渇いていた。横断歩道を渡り切ると、彼は裏通りへ折れて、目についた喫茶店へ入った。さっきの銀行からはかなり離れている。万が一にも見咎《みとが》められることはない。

アイス・コーヒーを頼み、運ばれたお絞りを使って、昂《たかぶ》った気持を、いくらかでも鎮めよう

と試みる。

煙草を取り出して火をつけ、深々と吸い込む。舌が荒れていてひりひりと痛む。この二三日煙草の量が増えている。一服すると、もう嫌になって、灰皿で揉み消した。

数日前から、あの徴候がまた現れていた。

初めは、ちょっとした不機嫌である。小さな黒雲のようなものが、ぽつんと気持の隅に現れ、それが徐々に拡がり、厚く濃く、全部を掩《おお》いつくす。不機嫌が次第に変じて、悪意や憎しみになって行く。その相手は、身近な妻子から始まって、会社の人間や、世間一般、すべての人間に及ぶ。それが数日も続く。

いつか、石山は、テレビの画面で、豪雨の後の増水した川の凄まじい流勢を見ていて、自分のことのように思ったことがある。

警戒水位を越えて、なおも高まりつつある水への不安をアナウンサーは訴えていたが、それは石山の不安にも通じていた。或るとき、とうとう水が堤を破って、すべてを流しつくし、呑みつくしてしまうのではないか。彼はその予感をずっと持ち続けている。

そして、今、彼のなかで、水嵩《みずかさ》は刻一刻、増え続けていた。

石山は、横の椅子の上に無造作に置いた鞄の横腹を撫でてみた。

(勇気がないなんて、それは違う)

あの男にそういってやりたかった。

あんたは、勤め先を替えて、すこしばかり給料がよくなって、ほんのすこし働き易くなったことに満足している。それだけのことだ。

俺は違う。

どう違うのか。自分ながらよくわからないが、要するに飽きたのだ。今の生活が嫌になった。会社も、同僚も、それから、自分の家庭も、なにもかも嫌気がさして、いっそ全部を取り替えたくなったのだ。そして、今やっとその機会を捉えることが出来た。あんたが今もし俺の目の前にいたら、俺は、こういってお前さんを驚かすことが出来るのに。

(もう、あんたとも会えないだろうな。ぼくはね、昨日までの生活を一切捨ててしまうことに決めてね。世間で蒸発というあれさ。じゃ、さよなら……)

石山は、初めて蒸発を考えたわけではなかった。

蒸発したいという気持は、以前から心の隅にあった。

それが、すこしずつ形になって来たのは、最近である。

誰にも知られずに来たことだが、彼には、数年前からつき合っている女がいた。

女は、とみ子といって、そろそろ四十に手の届く年頃である。

石山は、以前営業の方の仕事をしていたときに、社用で、湘南方面を走る私鉄の沿線にある会社へ行ったことがあった。用事が済むと、その会社の担当者は石山を食事に誘った。今後もどうぞよろしくというわけである。

酒が入った石山は、帰りの電車の中で小用を足したくなって、途中で降りた。そこは石山のまるで知らない町だった。彼は酔ったまぎれに駅を出て、その小さな町を歩いてみた。

偶然降り立った未知の町を歩いているということが、彼を愉しくさせた。暗い駅前広場の向うに、ささやかな飲み屋街があって、その入口に半分しか灯っていないネオンのアーチが見えた。彼はその下をくぐって、さまざまな匂いがごっちゃになった小路へ足を踏み入れた。

ふらりと入った一軒の飲み屋には、誰も客がいず、カウンターの向うで、割烹着の女が背を向けて何かを煮ていた。魚を煮る匂いがした。

女が振り向いて、

「いらっしゃい」

と笑顔を作ったとき、石山は妙に気を惹かれた。なにか考えごとをしていたのだろうか。それがまだ顔のどこかに残っていた。

「なにを煮てるんだい」

「ああ、め、ば、る。あがる？　おいしいわよ」

彼はめばるを貰い、それを飯で食べた。めばるは濃く煮からめてあって、うまかった。

黙って食べている彼と、カウンター越しに向い合って、女は眺めていた。

「おいしいでしょう」

「うん、魚も生きがいいが、煮かたがうまいや」

女は猫がのどを鳴らすように、目を細めて、ころころと笑った。その女が、とみ子だった。

その後、石山は、その会社を訪ねた帰りに二三度とみ子の店に寄った。

或る晩、石山が入って行くと、若い客ととみ子がなにか言い争っていた。石山がやんわりと割って入ると、その若い男はひとしきり言いつのった末に荒々しく出て行った。

「どうした。痴話喧嘩かい？」

と、石山がからかい半分に聞くと、とみ子は半べそをかいて、

「若い男って大ッ嫌い」

と唇を噛んだ。

石山が深くも聞かずに煙草をふかしていると、とみ子は、

「もう閉めましょう。私、飲みたいわ」

と、さっさと暖簾を外しにかかった。

石山は、その晩、とみ子を連れて、よその店で少し飲み、それから、誘われて彼女のアパートに泊った。

その翌朝、目覚めると、不思議に満ち足りた気持がした。

とみ子と、この、海沿いの町の空気がもの珍しく、好もしく思えた。

彼の家は中野にある。親の代からの古い住宅である。どこからどこまでも、とみ子のアパートとは違う。

窓を開けて、強い日射しのなかで煙草を吸っていると、こんなところで暮すのも悪くないなという気がする。

どこか近くの工場にでも勤めて、夕方になったら歩いて帰ってくる。つつましく、ひっそりと、慾得ぬきで、気楽に暮す。

台所の流しの前で立ち働いているとみ子は、健康そうで、夜のとみ子とは印象がまるで違って見える。茶碗や箸を洗い、布巾を干す動作はてきぱきとして小気味がいい。スカートから出た白い脚はいくらか太めだが、つややかに光っている。

とみ子が振り返った。

「なにを考えてるの?」

彼は冗談めかしていった。

「こんな町で暮すのも悪くないなと思ってたんだ」

とみ子は、手をとめて、視線を落した。そして濡れ手をエプロンで拭いながら、

「いいのよ。……あなたさえよければ」

と、呟くようにいった。

石山と、とみ子の関係は、とぎれとぎれに続いているが、二人とも、その後、その話には、故意のように、どちらからも触れていない。


何本目かの煙草を、灰皿に押し潰してから、石山は手帳を取り出した。とみ子の電話番号を探し出すのに、老眼鏡の助けを借りなければならなかった。

手帳に書き並べた電話番号の上に指をすべらせているうちに、石山は、ふと自分がひどく滑稽に思えた。

女の、その場限りのお愛想を信じ込んで、年甲斐もなく血迷っている初老の男……。

(甘いんだよねえ、簡単にのぼせ上っちゃって……)

そんな声が、どこかから聞えるような気がする。

(焼きが廻ったんでしょうね。もう少し利口な人だと思ってたんだが……)

そんな声もする。

石山は、手帳を閉じて、目をつぶった。

電話をすることもない。

黙って、とみ子の店へ入って行って、飲みながら、さりげなく話してみよう。とみ子の真意を探ってみて、確信が持てるまでは、切り出すのを待ったほうがいい。

しかし、……もし、悪い方へ転んだ場合はどうしたらいいのか。

もう、その頃には、俺は、他人の金を持ち逃げした男、という立場にいる。その時の行き場をどうするのか。

もし、事がうまく運んで、とみ子と新しい生活を始められたとしても、倉本の追及の手が伸びないとは誰も保証が出来ない。表沙汰になることも考えられる。

そうなったとき、とみ子に、最後まで味方であってくれと望むのは、無理というものではないだろうか。

石山は、しばらく、目をつぶったまま、あらゆる場合について、想像図を引いていた。

やがて、彼は大きく溜息をつき、首を振って呟いた。

「駄目だ。どうしたって駄目だ」

その声に驚いたように、レジに坐ってぼんやりしていた女の子が、石山を振り向いた。

「……あの、なんですか？」

「いや、いいんだ」

石山は、老眼鏡を胸のポケットに納め、煙草の空箱を手でひねって灰皿へ棄て、鞄を提げて立ち上った。

勘定を済ませておもてに出ると、強い西陽《にしび》が、まともに目を射た。

東京駅まで歩いて、蒲田行きの切符を買い、京浜東北線の電車を待った。

喫茶店で、一時間近く道草を食っているので、すこしばかり急ぐ必要があった。もし、先方で尋ねられたら、具合が悪くなって喫茶店で休んでいたとでもいう積りである。

心のなかで、刻々と水嵩を増していた流れは、今は嘘のように、次第に水位を減じ始めていた。

ついさっきまで目の前を一杯にふさいでいた妄想が晴れて、石山の眼前には、あらためて現実の世界が還って来ていた。疲れてはいるが気分は悪くなかった。

惜しい機会を逃したことで、軽い後悔が残っているが、早まって、賭けに破れるよりはずっと賢明である。

鞄を届けたら、会社へ電話を入れて、それから足を伸ばして、とみ子の店へ行ってみよう、と、石山は考えていた。

とみ子には、なにも打明けない方がいいだろう。いつものように飲んで、そして……。

電車が入って来た。

もう夕方のラッシュが始まりかけていて、車内は混んでいた。

かけだし老年

坪井は、夕刻までに、五枚の原稿を書き終えた。

マンションの窓から見る空は、もうすっかり色褪せてみえる。

出かけるまでに、いくらか時間の余裕があった。

シャワーを浴びる。

凝った首筋をマッサージするように、ゆっくりと湯を当てる。原稿書きという馴れない仕事の為に、肩が凝り、目が疲れる。

原稿は、業界誌から頼まれたものだった。息抜きのような頁があって、そこに、旅の思い出を書いて欲しいという依頼だった。

坪井は、会社に籍をおいていた頃、商用で滞在した北欧のことを書いた。筆を持つのは不得手と自認していたけれど、これから先の年月を考えると、筆で稼げる収入というのは魅力だったので、そういうたちの依頼は引き受けるようにしている。しかし、いざ手を染めてみると、ものを書くという仕事は、予想通り楽なものではない。

ほとばしる湯にしばらく軀を打たせていると、やがて、すこしずつ気力が蘇ってきた。

丹念に髭を剃り、新しいシャツを着る。

いくらか派手めのネクタイを選んだ。結び目の具合が、一度でうまく行ったので、なんとなく幸先がいいような気がした。

鏡のなかの顔をよく見ると、三つぐらい若く見えた。坪井は満足して鏡の前を離れた。

管理人に托す原稿の封筒を持って、部屋を出る。

坪井の部屋は、マンションの七階にある。エレベーターは、地下の駐車場まで下りていて、上って来るまでに、しばらく待たなければならなかった。

人の気配がほとんど感じられないマンションである。下まで行けば、さすがに人の行き交いはあるが、坪井の住む階になると、他の部屋の住人と顔を合せることは殆どないといっていい。

彼がそのマンションに住むようになってから五年になるが、隣の住人らしい姿を見たのは一度か二度である。彼はその閑静なところを気に入っているが、たまには、どんな職業の、どんな顔つきの人々が住んでいて、同じような間取りのなかで、どんな住みかたをしているのか覗いてみたい衝動に駆られないでもない。西洋の物語のなかの悪魔のように、一戸一戸の壁をひんめくってなかで営まれている暮しを覗き見することが出来たら、どれほど面白かろうと思う。

やっと、エレベーターが上って来た。

乗り込んで、下までのボタンを押し、閉じたドアに向って姿勢を整えたとき、坪井は、

（おや……、また）

と、思った。

エレベーターの箱の、小さな空間のなかに、香水らしい匂いが籠っていた。

彼は、以前にもそのエレベーターのなかで、同じ思いをしたことがある。その時と同じ香水の匂いだ。

かなり濃密で、ゆっくりと働きかけて来るような匂いである。

恐らく、前に乗った女の残り香だろう。

どんな様子の女か、想像もつかないが、その肌で温められ、気化し、そのまま封じ込められた香水の匂いのなかに突入してしまったわけである。

息をする度に、鼻腔《びこう》の奥へと拡がって来るその匂いは、多少迷惑でもあり、それ以上に彼の官能に微妙に語りかけて来るような作用がある。

（……参ったな）

坪井は苦笑した。

この時間に、香水の匂いをたっぷり纏《まと》って出掛けて行くのは、水商売の女かな、と思う。しかし、違う場合だってあり得る。食事とか、コンサートとか、勇んで出掛ける人妻か、または独身の、しかも飛びきりの美女であるかもしれない。

坪井は、また廻りあった匂いの主に就て、つかの間の空想を楽しんでいたが、はっと気がついた。

彼の鼻に、匂いが戻って来たのは、久し振りである。

パーティーは混んでいた。

外国から来た高名な建築家を迎えるパーティーだった。

坪井は、その建築家に、それほど興味を持っていなかったが、出席者のなかに旧知の顔を見つける楽しみに惹かれて、足を運ぶ気になったのである。

坪井が、酒のグラスを手にして、見廻していると、向うから人の群を縫って近付いて来る男がいた。昔馴染の和田だった。

「おう、しばらく」

額をてらてらさせた和田は、見るからに元気そうである。以前、同じ建築事務所で一緒に仕事をしたことがある。

「しばらく。……随分混んでるな」

「うん、暑い暑い」

和田はハンカチを出して、艶のいい顔の汗を拭きながらいった。

「マメじゃないか。悠々自適でこんな席には出て来ないのかと思った」

「そうでもない。たまには人の顔も見たいし、……誰か知った顔はいるかい」

「さっき星名を見かけた。遠山さんもどこかにいる筈だ。どうだい」

「これでいて結構忙しいんだ。雑用ばかりだが」

「相変らず独身貴族か」

「貴族というわけにゃいかない。ただの男やもめだよ」

坪井は、かなり前に妻をなくしている。

「独身はうらやましいな」

和田の、いつもの口癖である。そういいながら、実は珍しく女房孝行の男で、仕事以外の場所ではたいてい二人連れである。

「独身なんて、ちっともよかない。お前、今日、奥さんは」

「あっちでしゃべくってる。婆あばっかりのグループで、気が滅入るから逃げ出して来たんだ」

彼が顎で指す先に、それらしい華やかな色合いのグループが、人の肩越しに見える。

「やあやあ、これはこれは」

機嫌のいい声がして、星名がやって来た。

酒のグラスを胸のあたりに捧げ持って、零《こぼ》さないように気を配りながら、そろそろと近付いて来る。僅かだが、片方の足を曳《ひ》きずっている。

「おや、どうしたの」

「え、それがね、だらしのない話で」

星名はからからと笑って手を振る。

「……転んじゃった。小諸の駅で、すってんころりん」

「へえ」

「捻挫だと思ってたら、診て貰うと、骨が折れてるっていわれてね。そのまま東京へ送り帰されて、夏じゅう松葉杖さ。こんなことは初めてだよ」

「そりゃ大変だったな」

「やっと松葉杖にはさよならをしたんだけど、まだ恐くてね。よちよち歩きだよ」

「やれやれ」

「あんたたちも気をつけた方がいいぞ。もう昔とは違うんだから」

「本当に違うんだから……。俺だって、転んで足の骨を折るなんて、自分でも信じられなかったよ」

「そうかねえ」

「それだけ衰えてるのかなあ」

和田が、透いて見える頭を掌で抑えるようにしていった。

「どうかしたのか、頭を……」

和田は苦笑した。

「頭の地が陽に灼けてひりひりするんだ」

「ゴルフか」

「うん、モロに灼けてね。いつもは帽子をかぶってやるのに、ついうっかりして」

「そういうのをムボウっていうんだ」

星名の駄洒落《だじやれ》で、二人とも吹き出した。

「とにかく、もう昔みたいなつもりでいちゃいけないよ」

星名は力説する。

「……いくら突っ張ってみても、所詮われわれは老年よ」

「無理矢理仲間に引きずり込もうたって、そうはいかない、なあ、坪さん」

「そうさ、同じ年輩だから、一緒に爺《じじ》いになるとは限らんぜ」

「わかっとらんなあ、諸君等は」

星名は、大仰に首を振った。

「われわれは、確実に年を取ってるんだよ。爺い予備軍から、一軍へ昇格しかかってるんだ。和田さん、あんた、もう還暦でしょう」

「ああ、去年ね」

「坪井さん、あなたは」

「おととし、祝ったような気がするが、忘れた」

「ほら、立派な爺さまじゃないか。爺さまはやっぱり爺さまらしく、神妙に、老年に就て学ばなくちゃ」

「へえ、そうかね」

「われわれは、まだ駈け出しの老年だから、いろいろまごついて、醜態を演じることが多いんだが、へんに取り乱しちゃいけませんよ。自分は若いつもりでも、はたから見りゃ、もう間違いなく老人なんだからね。のろのろしてて、いうことは抹香《まっこう》くさいし、目はしょぼしょぼ、足はぎくしゃく……」

「もういいよ。わかった、わかった」

和田が閉口したように手を振ると、星名は笑い出した。笑いながら、

「でも本当だぜ。俺、今度は身にしみて悟っちゃった……」

と、声をひそめていった。

「坪さん、あんたはどう、調子」

和田が聞いた。

「俺かい。そういわれれば、ちょっとね」

星名が嬉しそうな表情で、

「ほら、坪井さんも、やっぱり」

と、いった。

坪井には、これも老化のきざしではないかと思っている症状がある。

夏の初めに、風邪をひき込んで、それが抜けない。

別に、発熱して寝込んだりすることもないし、咳も出ないので、軽い冷房病くらいに思って放っておいたら、それが鼻に来た。

鼻がつまり、頭が重いという症状である。

鬱陶しいな、と思っているうちに、いつの間にか嗅覚がなくなってしまった。

なんの匂いもしない、というのは、随分心細いことである。これは坪井には初めての体験で

あった。

それまでの坪井は、匂いにはかなり敏感な方だった。

新宿の街を歩いては、毎度その異様な臭さに辟易した彼は、嗅覚を失った当座、

(これはいいや)

と思った。地下道の臭気のなかを歩いても、なにも感じない。

しかし、運ばれたコーヒーカップを取り上げて、その湯気を丹念に鼻に通わせてみても、カレーライスの皿を目の前にしても、なんの匂いも感じないという事実に当面すると、坪井も啞《あ》然《ぜん》とならざるを得なかった。

知合いの耳鼻科の医師に電話を掛けて聞いてみると、その医師は、

「おそらく、急性の鼻炎でしょう」

と、答えた。以前、鼻を悪くしたことはありませんか、と聞かれて、坪井は、小学生の頃、何度か耳鼻科の医院に通ったことを思い出した。もともと鼻の性はいい方ではない。

「ふだん、いくらか悪いところへ、風邪が引き金になって、鼻炎を起してるんでしょう」

と、医師はいった。

「一度いらっしゃい。なかを洗ってみたら、すっと通るでしょう。嗅覚も戻ります」

そういわれて一度は行く気になったが、子供の頃の記憶が邪魔をして、まだ行かないでいる。

鼻のなかをいじられ、針を刺されたりした記憶は、ひどく不愉快なものとして残っている。

「悪い匂いはしなくてもいいんですが、いい匂いだけはしてくれないと、生きてる甲斐がないみたいで……」

坪井が冗談半分にそういうと、医師は笑って、

「悪い匂いがしない方が困るんです」

と、いった。

「つまり、危険を防ぐ為ですな。腐りかかったものを食べたりしない為です。それに、ガス洩れなどという危険もありますから……」

ガス洩れと聞いて、独身者の坪井は、急に心細くなった。ひと通り用件が済むと、医者はゴルフの話を始めた。彼は坪井のゴルフ仲間の一人である。彼の話に半分耳を貸しながら、坪井は半分は上の空で電話を終った。

「……そうか、恐いな。ガス洩れという所へは気がつかなかった」

と、和田がいった。

「そうなんだ。他の部屋からってこともあるし、急に臆病になって、寝てからも、またガス栓を見に突然起き出したりするようになったよ」

「そうか、それでも、眠ったまま御陀仏《おだぶつ》になるよりいいものなあ」

和田も星名も、神妙に頷いた。

「……しかし、そのままずっと嗅覚がなくなっちゃうのかね」

「そうでもないんだ。本当に思い掛けないときに、ふっとコーヒーが匂ったり、ガスが匂ったりすることがあるんだよ」

事実そうなのである。どういう具合なのかよくわからないのだが、出掛けて来る時のエレベーターのなかで、二三日ぶりに嗅覚が戻った。

「今は匂うのか」

「匂う。ウイスキーも匂ってるし、水も匂う」

「妙なもんだね」

「妙なもんだよ。ものが匂わなくなった途端に、なんだか世間全部が遠くへ行っちゃって、俺ひとり、ぽつんと隔離されたような気になるんだな」

「ふうん」

坪井は、耳が聞えなくなったことはないが、匂いを失うということは、恐らく聾《つんぼ》に近い感覚なのではないかと思う。世間と自分をつないでいる生々しい紐帯《ちゆうたい》のようなものが断ち切られて、目に見える風景や人と、この自分の間に透明なカーテンが下されてしまったような気がする。

「やっぱり、それは老化なのかね」

「初老期からよく起るんだそうだよ」

段々世間が遠くへ行ってしまう。さまざまな、身に備わった感覚が鈍ってきて、今迄自分の身近にあった世間が、次第に遠く、おぼろげに感じられるだけになってしまう。そうなったらどうしようかという不安が坪井の身うちで徐々に大きく成長しかかっている。

「お代りはいかがでしょう」

女の声がした。サーヴィス係の若い女が、両の掌を上に向けて重ね合せ、首をかしげてしいなを作っている。

「ああ」

坪井は、氷だけになったグラスを渡した。

女がグラスを持って向うへ歩き出したとき、坪井は彼女が残したかすかな風を追って乗り出した。

和田と星名がくすくすと笑った。

「匂うか」

「うん、ちゃんと匂う」

「そりゃ、よかった」

「あの女、ヒモがいそうか」

「うん、臭い」

三人が笑っていると、

「またァ、悪い話してるんでしょ」

と、顔馴染の酒場の女が寄って来た。

「おやおや、今日は手伝いかい」

「そうなの。あら坪井さんお久し振り。ねえ、なんのお話」

「真剣な話だよ」

と、星名がいった。

「真剣な話って、なに」

「回数の話だ」

「またァ」

結局その夜は、三人連れ立って飲む羽目になった。

遅くはなったが、それほど飲んではいない。

和田も星名も、それぞれ気をつけて飲んでいるように見えた。

坪井がタクシーで帰ってくると、彼のマンションの地下の駐車場へ、自家用車が入って行くのが見えた。

ここにも夜ふかしがいるわい、と、坪井は思った。

エレベーターのランプは、地下のところに灯っていた。それが消えて、ゆっくりと上って来る唸りが聞える。

ドアが開いて、乗り込もうとしたとき、坪井は気がついて、足をとめた。

エレベーターには女が乗っていた。

坪井は、真っ向から、その女と向い合ったかたちになった。

坪井と同じくらいの背丈だから、かなり高い方である。

彼は驚いたが、女の方は、それほど動じる様子もない。見つめられて、坪井は一瞬バツの悪い思いをした。

「どうも」

狭いエレベーターに、一緒に乗り込んでいいものかどうかと、彼はためらった。それを見越したように、女は、

「どうぞ」

と、彼をうながした。

「すみません」

自分の階のボタンを押すときに見ると、二階上の九階のところに明りが点いていた。

三十前後の、美しい女である。目がちょっとうるんだように見えるのは、酔っているのかもしれない。これがいつもの香水の主ではないのか。

坪井は、期待に満ちて、深く息を吸ってみた。そして、たじろぎ、肩を落した。

この期に及んで、彼の鼻は、また匂いを失っていた。

釣り場

「穴場なんてものはね、そうあるもんじゃないんです」

その老人は、そういって、言葉を切った。

鼻の穴から、煙草の煙の残りが、薄く漂い出て、すぐどこかへ消えてしまった。

山間の小駅で、私は汽車を待っていた。

次の列車までは、かなり間があった。

近くの湖で釣りをした帰りで、私はぐったりしていた。なにも釣れなかったことが、疲れた理由のひとつにもなっていた。

駅の小さな待合室のベンチに腰を下して呆然としているとき、その老人がやって来た。

私が、どこからともなく現れたその老人を眺めていると、彼は、まず、駅の大時計を見て、ふんと鼻を鳴らした。それから誰にいうともなく、

（やれやれ、早く着きすぎたか）

というようなことを呟いた。その様子や風態《ふうてい》から推量すると、これからどこかへ行くというより、誰かを迎えに来たのではないかと思われた。

彼は、それから、私の方に目を移すと、（というのも、その待合室には私一人しかいなかったせいもある）遠慮なく、大時計を眺めるのと同じ眼つきで見つめた。

そして、

「鯉《こい》かね」

と言葉を掛けて来たのである。

「……ええ、まあ」

と、私は曖昧に頷いた。

「釣れたかい」

私は首を横に振った。

「そうだろうな」

老人は嬉しそうな顔をした。

「大物を狙ってるもんだから……」

私はつまらない言い訳をして、たちまち後悔した。いわなくてもいいことだった。老人は、私が少々むっとしたのを見て、ますます嬉しげな顔になった。

「……大物は、たしかにいる。だが、そう易々とは釣れんじゃろ」

老人は、いつの間にか、私の横に坐っていた。

実のところ、私は、釣りの話はもううんざりという気分だった。それほど気が滅入っていた。しかし、押し黙って、その老人が話し掛けるのにそっぽを向く気力もなかった。

そして、渋々ながら、その三日間、通い詰めて、結局空手で帰る破目になった次第を話した。

十月から十一月にかけては、鯉釣りにとって悪い季節ではない。その頃は、鯉はかなり活潑《かっぱつ》に就餌する。釣り場は、かなり深いところになるが、湖でゆっくり大物を狙う気分はまた格別である。

撒き餌《まえ》も怠りなくして、三日目のその日ぐらいはいよいよと思ったのだが、やはり駄目だった。東京の釣具屋で仕入れた情報を頭から信じた訳ではないが、失望したことは確かである。

老人は、私の話すことに一々頷きながら、時々要点を抑えるように、餌や、攻めた場所などを質問した。そしてまた、適当に水を向けるような言葉を発するので、私はついつい喋らざるを得なかった。喋りながら、私は、この老人が、その湖の細部にまで精通していて、しかも経験豊かな釣り師であることを思い知らされた。話し始めて間もなく、私は自然に彼に教えを乞う立場になっていた。

私は、その湖に就て、充分な知識を持っていなかったので、彼に、特別の穴場を訊ねてみた。

すると、彼は、冒頭のような答をしたのである。

穴場なんて、そうあるもんじゃない。

私には、その答えの意味が、幾通りもあるように思えた。

知ってはいるが教え渋っているという風にも考えられるし、釣り場の地図に×印で示してあるポイントがまさしくその穴場で、それ以外にはないという風にも聞える。

だいたい、川でも湖でも、また海でも、魚の影の濃い場所は、ほぼ決っていて、季節や流れなどの関係で多少の変化はあるが、常識的なポイントというものは共通している。

それでも釣り人は、それ以上に、誰も知らない自分だけの秘密のポイントというのを持っていたいもので、私が老人に訊ねたかったのもそれなのである。

老人には、私のその腹の中が充分解っているらしく、私の質問から巧みに韜晦《とうかい》するように、話をそらせた。

「誰も知らない穴場なんて、まず、ないな。俺だけの場所だと思い込むのは勝手だが、なあに、ちゃあんと誰かが知ってるもんだ」

「やっぱり、そうなんですかね」

私は索然とした表情を浮べていたのだろう。

老人は私の顔を覗き込むようにして、

「気に入らんようだが、しかし……」

と、そこで老人特有の間を置いて、こういった。

「……これは、昔のことだがね。こんな話があるんだ」

もう随分以前になる。戦争が終ってからまだ何年もしない頃のことだが、その頃、私らはよく釣りに出掛けた。鮒《ふな》、鰻《うなぎ》、なんでもやったが、とりわけ鯉はよくやった。

鯉は、小舟で湖の向う岸まで出掛けて行く。

その頃、土地の連中は、それぞれ自分の釣りの穴場を持っていた。そこへ行くときはこっそり行った。なるべく他人には教えんことにしていた。たまに大鯉を持って帰った時など、どこで釣ったのか聞かれても、ウソをついとった。聞く方も、ウソと知っていてもそれ以上は聞かんことにしていた。

竿は、物干竿よりも、ずっと長く、四五間あまりの重たい延べ竿だ。

大鯉は、あの通りの力だから、頑丈な延べ竿で、うんと長くなけりゃいかん。今のように、グラスとか、カーボンとか、そんなものはありゃせん時代だ。

大鯉を狙うとなると、まずサナギを大鍋一杯煮る。このへんはカイコ処だったから、生サナギがいくらでも手に入るので、それを山のように煮る。さしわたし一メートルもある大鍋だ。毎日鍋一杯煮て、暗いうちに小舟で出て、自分の穴場へそのサナギを撒いて来るんだ。他人に見つからんように、そうっと行って撒いて来る。それを何日かやって、何日めかに竿を積んで出掛けるわけだ。

釣り餌は、同じサナギだ。

暗いなかで、しんと待つんだが、ご存じの通り、なんともいえん気持だ。何度やってもあの気分は変らないもんだ。

物干竿のようなやつを二本か三本並べて待っていると、グイ、と当りが来る。竿先に毛糸の目印をつけてあるから、それで知れる。

初めグイと来て、ちょっとしてまたグイグイと来る。

三度目にグイと来たら合せるのが定石《じようせき》なんだが、劫《こう》を経た大鯉になると、なかなか定石通りに来ないことがあるんだ。そこの兼ね合いは、これはやっぱり場数を踏んでない者には解らないな。

魚が走り出したら、あわてちゃいけない。竿先の手ごたえで、魚の大小を知ることだ。たいていの鯉なら、まずその竿で負けることはないが、ときには手に負えないことだってある。糸を切られるか、竿をへし折られるか、どうにも敵《かな》わないと諦めたら、竿ごとおっ放しちまう。

それが一番いい。

物干竿一本引きずって泳ぐのは骨で、どんな大鯉でも弱って来る。こっちはそれを待つ。根くらべだね。目印が浮いてるから、あわてなくてもいい。半日でも一日でも待って、拾いに行くわけだ。駄目ならまたおっ放しちまえばいいのさ。

まあ、そんな風にして釣るのが、昔の流儀だったんだが、私の仲間の男が、ある時、久しぶりに大鯉をやろうと思い立って、前の晩に煮て置いたサナギを小舟に積んで、自分の穴場へ行った。

まだ暗いうちに行ったんだが、誰も知らない筈のその場所には、もう先客がいて、釣り糸を垂れていたんだな。

今までに一度もそんなことはなかっただけに、奴は驚いた。

ふだんから、あまり人の気のない湖の向う岸の、よりによって自分の内緒の釣り場へ坐り込んでいる男がいたんだものな。

一旦はむかっとしたけれど、それでも、奴は、その釣り人のそばまで漕ぎ寄せることはしなかった。遠目に見ただけだが、土地の人間ではないように思えたし、まっすぐそこへ漕ぎ寄せて行ったら、自分から、その場所は釣れますよと宣伝しに行くようなもんだと考えたからだ。

それで、何喰わぬ顔で、舟を廻してそのまま帰って来たんだ。

よそから来た釣り師なら、それ程、気にする必要はない。たかだか半日ねばって、釣れなければ、河岸をかえるか、帰る筈だ。

そう考えた奴は、翌朝また出掛けて行った。

そして、また同じ男の姿を見つけて、今度は驚いただけでは済まなくなった。

奴は舟をだいぶ先の入江まで持って行ってそこから岸へ上った。

湖の向う岸は、一帯の崖で、岸伝いに歩くことは出来ない。奴のポイントに行くのも、水の上から行く以外は道がない筈だった。

奴は苦労して崖の上の道までよじ登り、それから歩いて、奴の釣り場の背後の崖の上まで行った。

奴は考えた末、繁みをかいくぐって、急勾配を降りた。

水際に、ほんの畳一枚ばかりの足場があって、その猫の額ほどの空間が、奴にとっては掛け替えのない釣り場なのだ。

そのよそ者の釣り師は、その空間をすっかり占領して、リュックやら玉網やら仕掛箱を整然と並べ、堂々と陣地を構えていた。

奴が繁みを鳴らして現れても、男はちらりと目の端で見ただけで、また竿の先に目を戻した。

大分前から、人が降りて来るのを知っていたんだ。

「お早う」

と、奴は声を掛けたんだが、男は、なにかぶつぶつと口のなかで呟いただけだった。

「ここは、よく釣れるのかね」

奴は、情ない気持をやっと抑えながら、せいぜい愛想のいい声を出した。

男は黙って首を振っただけだった。

奴は、すんでのところで、ここは俺の釣り場だぞ、と叫ぶところだった。

しかし、そんな権利は誰にだってないやな。

奴にも、その位のわきまえというものはあった。土地の人間だからといって、そんな横暴は許されない。追っ払いたくても、自然にお引き取り下さるのを待つより方法はないのだ。

奴が腹のなかで煮えたぎっている口惜しさを必死でなだめているときに、思わぬことが起きた。

竿先に当りがあったのだ。

目印につけてある赤い糸の房が、たしかに鯉の当りを告げていた。

一度、そして間を置いて二度目、まだ早い、と思ったのに、男は竿を大きく煽《あお》って、鉤合せをくれていた。

早まったな、と、奴は一瞬そう思った。いい気味だと腹のなかで快哉《かいさい》を叫びかかったが、竿が大きく撓《しな》ってびりびりと震えるのを見て、なんということだろうと、天を仰いだ。

馬鹿な鯉は、みごとに鉤掛りしてしまったんだな。

その男は、どう見ても一人前の釣り師じゃなかった。

その鯉を、なんとか手元まで持って来られたのは、その男の腕からすると、奇蹟といってもよかった。

男は上ずった声で、

「玉網を、玉網を……」

と叫んだ。

奴は仕方なしに玉網を取って、いったいぜんたい、俺はなんの報いで、と、天を呪いながら、獲物を待ち構えた。

そいつは、見事な鯉で、玉網から半分もはみ出していた。

奴がもし玉網の扱いに手馴れていなかったら、到底取り込むことなんか出来はしなかったろう。

「気をつけて、気をつけて」

その男が叫んだ。

かっと頭に血が上って来て、奴は、思わず、玉網ごと鯉を水のなかへぶち込むところだった。

奴は、それから二三日というもの、怒り狂って、酒ばかり飲んでいた。誰もその理由までは考えつかなかった。奴も固く口を噤んで話そうとはしない。話せば笑われるだけだから、絶対に口に出さなかったんだ。

二三日経つと、口惜しさは、もっとふくらんで来た。

そして、我慢しきれなくなった奴は、また小舟で乗り出して行った。

もし、その男が、またも奴の釣り場を、挨拶もなしに占領して、勝手な振舞いをしているようなら、今度こそけじめをつけなくちゃならない。奴は、そう決心したんだ。

言って解らないようなら、痛い目にあわせても結着をつけてやる。もし向って来るようなら、その時は湖に放り込んででも白黒つけてやる。そう呟きながら、奴は真っ暗な湖を突っ切って行った。

釣り場に着いてみると、男の姿はなかった。

せっかく勢い込んで行ったのに、可哀そうに、奴はすっかり拍子抜けがして、萎んだ風船のようになって、しばらく舟のなかに寝そべって、ぐったりしていた。

そのうちに、やっと元気を取り戻した奴は、湖中に聞える位ありったけの声を振りしぼって、悪口の限りを並べ立てた。ひとしきり怒鳴り散らすと、すっかり気が晴れて、また自分専用になった釣り場に舟を付けて、釣りの用意に取り掛った。考えてみれば、例の男がせっせと餌を撒き散らしてくれた後で、もしかするといい釣りが出来そうだった。

奴は上機嫌だった。

竿を振り込んで、しばらくすると、当りがあった。

「はてね」

奴は首を傾げた。

ゆっくりとした鈍い当りだった。

「よほどの大物かも知れないぞ」

奴は緊張して、続いて来る筈の、次の当りを待ち受けた。

次の当りまで随分間があった。

奴はじりじりして待っていたが、次の当りも、前と同じような、鈍い当りだった。

三度目の当りで、大きく合せると、竿先にもの凄い重みが掛った。

鯉ではなかった。

とてつもなく重いものの手応えが、竿を伝わって来る。

水中の朽木か、それとも、なにかほかのものか。

とにかく魚ではない。走りもせず、潜りもしない。重い物体が、徐々に、上って来る。

やがて、水の中に、朧気に、あるものの姿が見え始めた時、奴は思わず目をつぶった。竿を離そうとしたが、指はしっかり竿を握ったまま硬張って、離すに離せなかった。

上って来たのは、釣り姿の男だった。

目をつぶっていても無駄だった。

奴は観念して、恐るおそる目を開くと、水面に浮んでいるその男を見つめた。


「その、よそものの釣り師だったんですか」

私が先を急ぐと、老人は首を振った。

「いや、そうじゃなかった」

「ほう、じゃ、誰だったんです」

「釣り人は釣り人だが、誰も知らない男だった」

「なんだか複雑だな。つまり、どういうことだったんです」

老人は呟いた。

「愚かなこった。愚かなこったよ。警察が来て、調べてみると、頭に打ち傷があった」

「誰がやったんですか。……それとも滑り落ちたのかな」

「揉み合っているうちに岩に打ちつけたというのが本当らしいな」

「その、よそものの釣り師とですか」

「そうだ。その、よそものの釣り師が獲物を上げているところへ、あとから別の男が来て、ここは俺が見つけた釣り場だと文句をつけたんだそうだよ。それから口論になって、言いつのったあげく、取っ組み合いになったらしい」

「やれやれ」

「思い込むというのは恐しいもんだよ。もしその事件が起きなかったら、次の事件が起きていた」

「そうでしょうね」

「そんなものはないんだよ。自分だけの穴場なぞ」

「そうかな」

「自分だけと思い込んでいるのが何人もいるのさ。運よく出っ喰わさないだけでね。出っ喰わすと嫌なもんだよ。私は、その事件以来釣りはしなくなった」

「そうですか」

「私は、人一倍思い込むたちでね」

列車が入って来たので、私はあわてて立ち上って、老人に別れを告げた。

フォームを歩きながら振り返ると、改札口の所に老人が立って、列車から降りる客を見張っていた。

私が、その老人の話の中の、奴というのが、彼自身のことではないかと気がついたのは、列車が幾つかの駅を過ぎた後だった。

小夜子

「そろそろ、退きどきかもしれない」

直子が、そんなことをいった。

「おい、おどかすなよ。なんでまた」

玉井が聞き返すと、直子は答えずに、

「ねえ、玉ちゃんはいくつになったの」という。

「俺かい。五十二か。いやんなっちゃう」

「そうか。一番の若手の玉ちゃんが五十二か。やっぱり潮どきかな」

直子は、三坪の〔モンシェリ〕を一人で切り廻している。いっとき奈緒子と字を変えたことがあったが、今はまた直子に戻った。

玉井は直子の年を聞いたことはないが、彼よりいくつか上の筈である。

〈モンシェリ〉は、烏森《からすもり》では、古い店の部に入る。玉井が初めて先輩に連れられてこの店に来たのは、まだ大学生のときだった。

古い店だし、客も常連ばかりで、玉井より年下は殆どいない。たまに若い客が来ても、居心地が悪いらしくて、馴染まないようである。直子もあまりそれを気に掛けていない。

長い間それでやって来たけれど、このところ、常連が次々と定年になって、職を替えた。自宅のそばに職を見付けたのもいるし、勤め先が変ると、やっぱり足が遠くなる。カウンターに並ぶ常連の顔が淋しくなった。その夜も、玉井の知った顔は三人しかいなかった。

「潮どきって、いよいよお嫁に行くのか」

「馬鹿ねえ。……でも、いつもの席に、いつもの顔がいないと、心細くなってね」

玉井も、似たような気持である。

「大本さんは」

「子会社に変って、しばらく来られないらしいわ。遠いの」

「浜垣さんは」

「ときどき見えるわ」

直子は、くすっと笑った。

「……出来たんですって、若いのが」

「あの爺いに……、頑張ってるねえ」

「そうなの。それが、たいへんな気に入りようでね」

「狒々《ひひ》爺いめ、いくつになったっけ」

「知らない。かれこれ七十かしら」

玉井は唸《うな》った。

浜垣は、玉井の会社の大先輩である。重役まで行って、よその会社に変った。それ以後顔を合せる機会は減ったが、つき合いの糸は切れていない。

「会いたいな」

「聞かされるわよ、きっと。嬉しくてしょうがないんだから」

その浜垣と、玉井は、意外なところで出会った。

或る日、いつもの時間に昼飯を食いはぐった彼は、どうせならと思って、銀座の会社から足を伸ばして、木挽町まで鰻を食いに行った。

顔馴染のその鰻屋に入って行くと、玉井は浜垣に声を掛けられてびっくりした。浜垣は酒を飲んでいたらしく、赤い顔をして、にこにこ笑っている。

「あれっ、変なとこで会うなあ」

玉井は思わず声を上げたが、考えてみれば、彼をその鰻屋に初めて連れて来たのも浜垣であった。

「ご無沙汰して居ります」

「やあ、お元気で」

浜垣は、それが機嫌のいいときの癖で、大きな目ばたきを何度もする。

「聞きましたよ」

「なにをさ」

「ついこの間、直子さんとこで」

「ああ……」

浜垣は、顔をくしゃくしゃにして、大声で笑った。

「たしなめられちゃったよ。あいつ、妬《や》きゃあがって」

遠慮のない笑い声である。

「狒々爺いっていってましたよ。さんざ自慢したんでしょう」

「ああ。刺激してやった」

「悪い人だなあ。独り身の女をつかまえて……」

「馬鹿いえ。功徳《くどく》だよ。たまにはおしめりが必要だ」

「大きな声出して……、嫌だなあお爺さんは」

「いいじゃねえか。誰も聞いてやしねえよ」

「羨ましいなあ。昼間からお酒なんか飲んで」

浜垣は顔をてらてらと光らせて、上機嫌である。

闊達《かったつ》で、ずばずばとものを言うが、芯にナイーヴなところがあって、玉井は、それに触れるのが好きだった。坊ちゃん育ちの、いい方の例だろうと玉井は思っている。

「どうしたんですか。急に華やいで」

「うん、まあな」

真っ向からこう聞かれると、照れるたちなのである。

「お家の方は大丈夫なんですか」

玉井は両手でツノを生やす真似をした。

「そこんとこは、年季だよ。ボロは出しゃしない」

「恰好いいことといって、前に揉めたことがあったじゃないですか」

「そうか」

「ほら、浜垣さんが家出して」

「あれ、知ってたか」

「随分心配したんですよ、みんな」

「心配するほどのこっちゃないよ。一時的に避難しただけだ」

「普通は奥さんが実家へ帰るもんなのに。あれで恐妻家っていう定評が出来ちゃった」

「そうか。うちのは恐えからなあ」

「浜垣さんは、ああ見えても優しいから、って弁護する人もいましたよ」

「ふん」

玉井は、浜垣の横に、大きな紙袋が置いてあるのに気がついていた。

「なんだか怪しいものを持ってますね」

「目ざとい奴だな、君は」

「お爺さんの持つ袋じゃないもの」

「まずいな、そう目立っちゃ。今、買って来たんだがね」

浜垣は、紙袋を探った。

「なんですか、そりゃ」

「拡げて見せるわけにはいかないがね。長襦袢《じゅばん》だ」

「へえ。粋筋《いきすじ》の人ですか。さすが……」

「俺はね、びんつけの匂いを嗅《か》ぐと立っちゃう世代だからな。腰巻を巻かせて、長襦袢着せるんだ」

「恐れ入ったな、どうも。浜垣さんが買いに行くんですか」

「俺は行かないよ。知ってる女に行かせるんだ。いい年して、そんなもの買いに行けやしねぇよ」

「どんな人なんです。その、ナニは」

「小夜子か」

「小夜子っていうんですか」

「古風な、いい名前だろ。昔の女給みたいで……。俺がつけたんだ」

玉井は面くらった。どうも話がよく解らない。

その玉井の顔を見て、浜垣は意味ありげな微笑を浮べた。

「教えてやろうか」

「ええ」

浜垣は得意満面であった。悪戯《いたずら》っ子同然の顔をしている、と、玉井は思った。

「小夜子ってのはね、君、ダッチワイフなんだ」

玉井は、いよいよ面くらった。浜垣はお構いなしに、身を乗り出して、

「玉ちゃん、あれはいいもんだぜ」

といった。

いいもんだぜ、といわれても、玉井には、浜垣のいう「いい」の意味が、よく解らなかった。

はあ、そうですか、という位で、取立てていう程の意見の持ち合せはない。

ただ、すべての方面で、自分より大人であり、人生の達者だと思っている浜垣が、そんなものを面白がっているのは不思議な気がする。

玉井の知っている限りでは、その種の器具は、学生や、独身者の陰鬱な慰みの道具である。金を出して楽しみを買えない人の為のおぞましい手段でしかないと思う。

二三度、酔ったまぎれに、仲間と、その種のものを並べた店を冷かした経験はあるが、侘《わび》しさばかりが先に立った。

「先輩、ちょっと、ちょっと」

その時、呼ばれて、若い社員のいうままに、女性の部分の形をしたものに触れてみて、びっくりしたことがある。それは、見たところよりずっと実物に近い、なまなましい感触を備えていて、彼を驚かせたのだが、同時に、彼をやりきれない感じにもさせた。そして、好奇心を丸出しにして、色々な商品をいじり廻している朋輩や若い社員たちをうとましく感じた。

玉井は、そのときに、ダッチワイフを見て、馬鹿々々しいものだと思った。不細工な空気人形に過ぎない。顔がついていて、それがいかにも人形染みた表情をしているだけに、一段と興醒めに思える。

玉井は、それ位の印象しか持っていない。あんなもの、どこがいいのだろう、とまではいえないが、玉井は、そんな意味のことを浜垣にいった。

「そう思うかね」

浜垣はにやにやしていった。

「君はまだまだ若いんだ」

そういわれればそうかもしれない。

「でも、もう五十代ですよ」

「まともなんだよ。俺の年になると、もう、想像の方が勝ってくる。妄想が八分ぐらいだからな」

浜垣は、そんなことをいって、一瞬淋しげな表情を浮べた。と、受け取ったのは、玉井の思い過しかもしれない。

一緒に鰻屋を出て、角で別れてから、玉井は歩いて行く浜垣の後姿を眺めた。小柄だが自信に満ちた足どりである。功成った老紳士という後姿である。さっきまで馬鹿話をしていた彿々親爺にはとても見えない、と、玉井は感じながら見送った。

「そうなの。浜垣さんに会ったの」

と、直子が、水割りを作りながらいった。

「ああ」

「聞かされたでしょ」

「聞かされた」

「それで、どんな人なのよ」

「古風な女らしいよ。名前まで小夜子っていうんだ」

「へえ、なんだかお女郎さんみたいな名前ねえ……」

「モデルにだっているぜ。今、トップの」

口をはさんだのは、二三人先の席の広告代理店の男だ。

「それで、うまく行ってるのかしら」

「ご機嫌だったよ。プレゼントなんか持っちゃって……」

玉井は、長襦袢を思い出していた。

腰巻をつけさせ、長襦袢を着せる。浜垣はそういっていた。

（ま、大人の着せ替え人形だな。案外、着るものに金がかかるけれど、芸者遊びよりゃいいや。

第一、文句をいわないしね）

そのダッチワイフは、特別註文で作らせたものだそうである。

（まごまごすると車一台買えるほどの値段を取られるよ。俺のポケット・マネーから出すんだから、たかが知れてるが、それでも、あの空気人形とは全然違うぜ。ちゃんと日本髪の鬘《かつら》をかぶせてあるから、知らない奴が見たらぎょっとする位よく出来てるよ）

浜垣は、それを書斎の戸棚に隠してあるのだそうである。

多分細君は、うすうすは知っている筈だが、書斎のものは一切手を触れない習慣になっているし、それに、浜垣と細君とはもう十年以上寝室を別にしているという。

玉井には、老年の夫婦のそうした話は珍しかった。

つまり、もう全然なのかというと、そうでもないらしい。そこが微妙なのだと浜垣はいう。不行跡がばれて、夜のことを拒否されて、それがずっと続いているという感じなのだという説明である。

頼んでするほどの魅力はないし、それ位なら、外でいくらでも慾求を満たすことが出来るし、夫婦の、体の交渉は、こういう風な形で終ってしまうんだろうね、と、浜垣はそういう。

（辞を低くして、「させて下さい」というほどの気持はどっちにもない。面子《メンツ》の問題で、睨《にら》み合ったままで終るのさ。

そこへ行くと、小夜子のような人形は、煩わしさがまるでないからいい。生きものでないというのはこんなに都合がいいものかと思う。男の我《わ》が儘《まま》な立場からすれば、いわば理想の女なんだよ。そりゃ、若いうちはもっと生きのいいのがよくて、妬いたり妬かれたり、痴話喧嘩をしたりみたいなことがなくちゃ物足りないんだろうが、俺の年になると、もうそんなことはただ面倒で、とてもご機嫌なんか伺っちゃいられないという気分さ。

だから、軀が若くて、いつでも抱けて、後腹の病めない女はいないかって、虫のいいことを考えてるうちに、ふっと、生身の人間じゃなくてもいいじゃないかと思い当ったわけだ。生きてる相手だから、思いのままにならないわけで、人形なら当り前のことだが言いなりだろう。そうなると、いっそいとしいようなもんでね)

浜垣は、そんな風に縷々《るる》とダッチワイフの効用を説いて聞かせた。

なんだか煙に巻かれたような気がして、玉井には、まだ浜垣の話が信じ切れない。いい大人が、あんな玩具に熱中して……という苦々しさが、まだどこかに残っている。

「それで、どんな人なのよ」

直子が、自分の為の水割りを作り終って、さっきの続きを催促する。

「それがね。浜垣さんも、根が恥かしがり屋だからね。肝腎のところへ来ると」

「隠すの」

「ぼかしちゃうんだねえ」

玉井は、なるべく、知らない、で通すつもりになっていた。

「向うの子はどういう積りなのかしら」

「向うのって」

「その、小夜子っていう人。若いんでしょう」

「若いらしいな」

「浜垣さんが巻かれてるのかしら。それとも女の子の方が夢中になって……、夢中になってってことはないわね。やっぱり浜垣さんの方が巻かれてるんだ。駄目だなあ、あれだけ一人前以上の男が……」

「そうじゃないらしいな。舵《かじ》は浜垣さんが握ってるよ。そういう感じ」

「そうお。そんならいいけど……」

直子は、ぐっと水割りを呷《あお》った。

「玉ちゃんは、近頃どうなの」

「うん、まあな」

「まるで出来ず」

「女は面倒だからな」

「なにいってるの。世話が焼けるから面白いんじゃないの」

「それは若いうちの話で、もう、面倒は嫌だね」

「なによ。浜垣さん見てごらんよ。すこしは見習ったら」

「うん、見習うかね」


それからかなり日が経って、玉井が〔モンシェリ〕に寄ると、直子が奇声を上げた。

「あっ、惜しい。たった今、浜垣さんが帰ったとこ」

「そうか、会いたかったな」

「ひと足違いよ。ほんとに」

「どう、元気にしてた」

「それがね。しょんぼりしてるの。失恋しちゃったんだって」

「失恋しちゃったって」

それはどういうことだろう、と、玉井は首を傾げた。

「振られちゃったのよ。小夜子がいなくなっちゃったんだって」

「いなくなるって、だって小夜子は……」

「きっと、誰か若いのと出来て、どこかへ移っちゃったんじゃないの。マンションかなんかを引き払って」

「ふうん。謎だね、これは」

いくら首をひねってみても、玉井には、なにがどうなったのか解らない。

その翌日、会社に、浜垣から電話が掛って来て、玉井は、やっと納得がいった。

「おいおい、やられちゃったよ。驚いたよ」

受話器の向うから大声で笑う声がする。しきりに目ばたきをする顔が、目に見えるようである。

「どうしたんです」

「どうにもこうにも、女房の奴だよ。俺が出掛けてる隙に、一切合財どこかへやっちまいやがった。不意討ちを食った」

「棄てられちゃったんですか」

「解らない。知らん顔をしてるから、こっちも聞き難いし、……でも、小夜子と、小夜子に買ってやったものだけ、綺麗に消えちまってるんだ」

「奥さんですかね」

「決ってるよ。あいつ以外にやる奴はいねえよ。参ったよ」

もうすっかり終ったのかというと、そうでもない。微妙なとこだ。と、浜垣が、自分たちの夫婦関係に就ていっていた。それを玉井は思い出していた。まだまだ終ってはいないのだ。

それにしても、一度、その小夜子を見ておきたかったのに、……惜しいな、と、玉井は思った。

冬眠

晩飯の途中で、修介は、ふと思い出した。

帰りのバスの窓から、島夫婦の後姿を見たような気がしたのである。

「お隣、帰って来たらしいな」

「あら、そう」

妻の哲子は、まだ気付いていなかった。

「そうか。駅前で見かけたような気がしたんだ」

「そうお」

それで、哲子は、食事を済ませると、配達人に言付けられたらしい包みを持って出て行った。

隣のブザーが何度か鳴る音が、かすかに聞える。

間もなく、哲子は首をかしげながら帰って来た。

「おかしいわね。明りはついてるんだけど……、また出たのかしらん」

とにかく、帰って来たことは確かなようだった。

島夫婦は、隣の住人である。年恰好も、修介夫婦とあまり変らないし、子供がいないことも共通している。

彼等の住むマンションは、古びてはいるが意外にしっかりした建物のようで、隣の物音は殆ど聞えない。修介は、そこが気に入っていた。強いていえば、上からの音がときたまする程度である。持ち主が、自分も住む為に建てたマンションだから、念を入れたのかもしれない。

島夫婦は、修介たちよりも古い。

修介たちが、三年前にこのマンションに越して来て、両隣に挨拶に行った時も、島夫婦は留守であった。管理人に聞くと、二人とも俳優なのだそうである。

「旅興行が多いんだそうですよ。一度出かけると、ひと月くらいお留守になるんです」

修介たちは興味をそそられた。

「俳優さんっていうと、大分違うんでしょうね。暮しかたも」

哲子は多少心配したようだった。管理人は素早くそれを察して、首を振った。

「いえいえ、あれくらいもの静かな御夫婦も珍しいですよ。お隣さんとしちゃ一番です」

管理人のいう通りであった。

間もなく島夫婦が旅から帰って来たけれど、いるのかいないのか、ひっそりとして、終日静まり返っている。

挨拶に行った哲子は、会社から帰って来た修介に、こう報告した。

「よさそうな夫婦よ。タレント染みたところが全然なくて、ごく普通の人」

修介は苦笑した。

「ほら、また始まった」

哲子が、初対面の相手を評する言葉は、いつも決っている。よさそうな人、よさそうな夫婦。そして、やがて、裏切られたといって怒り出すのも哲子である。修介は、それをいったのだ。

修介がそう冷かすと、哲子はふくれて、こう反論する。

「いいじゃないの。私は、人を信頼したいのよ。いい人であって欲しいと思うのがどうして悪いの」

そこで、もうひとこといいたいところなのだが、修介はそれだけで切り上げることにしている。下手に議論などすると、あとが面倒である。

事実、島夫婦は、揃って好人物のようで、修介の印象も悪くなかった。

夫の方は、背が高く、長めの髪にしたほそおもての男だが、その世界の人間にしては、あくの強そうなところとか、下卑た感じがない。細君は、どっちかといえば小太りで大きな胸をした女だった。なかなか人目を惹く女だけれど、どこか途方に暮れたような表情をしている。修介にはそれが特に印象的だったが、やがてその理由が解った。

修介が、島夫婦と路で行き会ったときに、島は、すぐ修介に気づいて、会釈をしてよこしたが、細君は、まるで修介を無視しているように見えた。島があわててつつくと、彼女は初めて修介の存在に気がついて、声をあげ、表情を崩した。その様子を見て、修介は納得がいった。眼鏡をかけていないのでついそこまで想像が及ばなかったのだが、島の細君は、かなり強い近視であるらしかった。

別の機会に、哲子がそのことに触れると、彼女は、

「だって、私、眼鏡が似合わないんですもの。……まるで似合わないのよ」

と、いったそうである。

修介たちは、その方の事情に疎いので、島夫婦の属している劇団がどんなもので、どんな種類の劇を上演するのか、まるで知らなかった。

管理人の説によると、テレビにも、たまに顔が映ることがあるそうである。本名ではなくて、二人とも芸名を持っているらしい。

そのほか、テレビの洋画の声の吹き替えをしたりして稼ぎ、所属している劇団で旅に出る。

楽々とはいかないが、なんとか暮しは立つのだという。

「羨ましいわね。自由で」

と、哲子は溜息をつく。

「三日やったらやめられないっていうじゃない。それだけ魅力がある世界なのね」

「仕事と名が付きゃ、なんだって楽じゃないさ」

修介は、そう思っている。

「でも、島さんの夫婦を見てると、とても暢気《のんき》そうよ。それに、いつも一緒にいられて羨ましい」

修介は苦笑した。

「馬鹿をいえ。いつも一緒だから大変なんだよ。お互いにヘトヘトになっちまう」

「じゃあ、島さんとこは」

「あの夫婦は特別なんだろう。きっと旦那が特別よく出来た人で、奥さんがまた旦那にベタ惚れなんだ。うちとは違う」

「うちとは随分違うわねえ」

「妙なとこで相槌を打つな、馬鹿」

ここ数日というもの、隣は静まり返って、ことりとも音がしない。

不在でない証拠に、明りが点いたり消えたりするが、島夫婦の姿は見かけない。

「病気なのかしらん」

と、哲子は気を揉み始めた。修介と違って、一日うちにいるから、つい気になるらしい。

「風邪でも引いたかな」

「枕を並べて寝てるのかもしれない」

気にし出すと、どんどん悪い方へ気が廻るたちである。

「様子を聞きに行かないでいいかしら」

「心配するな。頭が禿げるぞ」

なだめておいて、修介は散歩に出かけた。

バスで駅前まで出て、本屋をのぞいたり、煙草を買ったり、ぶらぶら歩いていると、パチンコ屋が目に入った。

久し振りでやってみようかと思い立って、玉を買い、空き台を探して、運だめしをしてみると、たちまち打ち尽してしまった。

溜息をついて、ふと横を見ると、隣の台でさかんに出している男は、島であった。

「おやおや、出てますね」

「……あ、これはどうも」

島も愕《おどろ》いたようであった。

「……そちらは、駄目ですか」

「やられました。今日は深追いはしない」

島は頷いた。

「それがよさそうです。日曜はやっぱり釘の締めかたがきついようだ。苦戦です」

島は電動のノブを離して、立ち上った。足もとに玉を山盛りにした大箱が二つ置いてあった。

「ぼくも、もうやめます。一時間かな。疲れた」

修介は、島を珈琲屋に誘った。

「先に行ってて下さい。すぐに行きます」

修介が、珈琲屋で煙草をふかしていると、島は本当にすぐやってきた。

「両替して来ました。ああ、コーヒーが飲みたかった」

修介は笑った。

「パチンコ屋でも隣合せとは、びっくりした。だいぶ気合が入ってましたね」

「いえ、気息奄々《えんえん》というところでした。あそこで止めてよかった。そうでなければ、今頃は討死にです。西尾さんは救いの神です。だからコーヒーは奢《おご》らせて下さい」

「そりゃ悪いな」

「いいんです。大きな顔で奢られて下さい」

島は、人の好さそうな笑みを浮べた。

雑談をしながら珈琲を飲んでいるうちに、修介は、思い立って、質問をしてみた。

「お宅は、いつも本当に静かですね」

「そうですか」

「あんまり静かだから、お留守かと思うくらいですよ。でも、ここのところは、おうちなんでしょう」

「ええ、ここのところは」

「奥さんは、お元気ですか」

「ええ、あれは今、冬眠中で」

修介は笑った。

「冬眠なんて、熊みたいだな」

「本当に、熊みたいに丸まって寝てるんです」

修介は、その情景を、頭のなかで描こうとしたが、なんだかエロチックな図になりかかったので、あわてて遠慮することにした。

「旅から帰って来ると、がっくり疲れるんです」

「辛いんですか」

「一週間やそこらなら、なんとか保つんだけど、長い旅になると、しんから骨からこたえますよ」

島の言葉に、あまり実感がこもっていたので、修介も引き込まれて溜息をついた。

島は、修介を恰好な話し相手だと見てとったらしく、気持が動いたようで、俳優という職業の辛さ、旅の辛さに就て話し始めた。

およそ常日頃とは縁遠い世界の話なので、修介も興味をそそられて、彼の話に聞き入った。

島は、口重に見えて、実はなかなかの話上手のようであった。言葉を選び、表現を工夫して、修介を飽きさせない。

「愚痴をこぼすようですが……」

島はいう。

「……こんな心細い商売はありませんよ」

「ほう……、というと」

「手がかりがないんです。まず、舞台に立って、なにかの芝居を演じたとしますね。お客がこっちの演技にいちいち反応する。反撥する場合もあるし、まるっきり反応しない場合だってある。役者は、芝居をしながら、必死になって、それをキャッチしようとするわけです。幕が下りれば手が来る。ま、同じ拍手にしても、大きいのも小さいのもあるし、お義理のもありますわね。楽屋に来たお客が、お愛想をいってくれる。たまには地方の小さな新聞に評が載ることがある。内輪の批評もあるし、合評会のようなものもある。それは、役者にとって、ひとつの手がかりなんですが、さて、それが信じられるかというと……」

「信じていいんじゃありませんか。……だって、批評家なんかは、専門家なんだから」

「信じられれば幸せなんです。他人が見てくれた、その目だけを信じてれば問題はないんですけれどね。困ったことに、自分というものがいる。自分では自分の演技が見られない癖に、それは違う、みんなの目は違うものを見ているって、……また迷路に入っちゃったみたいだな。こんな話は止めた方がよさそうだ」

「そうかな。面白く聞いてるんだけど」

「止めたくなったんです。……役者ってのは結局、うぬ惚れと絶望感がうらおもてになったコートを着込んでるみたいなもんで、うぬ惚れの方を表にして着てても、襟のところには、ちらっと絶望感がのぞいてるんですよ。裏返しに着てる人もいますけどね。とどのつまりは、どっちを表にしても変らないんです」

「そうかなあ」

「疲れて、気力をなくして、旅から帰って来るときは、最悪なんですよ。気持はぼろぼろになってて、もう、他人の目の前に晒《さら》されるのはまっぴらという気持になってるんです。早く自分の部屋に帰って、ドアを閉じて、誰にも会いたくない。西尾さん、そういう気持って解りますか」

修介は返答に窮した。解るような気もするし、解る筈がないような気もする。

島は別に返事を期待した様子もなく、先を続ける。

「うちの女房は、特に落ち込むたちなんでしょうね。ふだんは、それほど口の重い方じゃないんですが、旅も終りにかかる頃は、殆どだんまりになってしまうんですよ。舞台の上では、口をききますがね。そして、やっとここの駅まで帰って来ると、まず、スーパーに飛び込んで、山のように食料品を買い込むんです。

一週間も、二週間も外へ出ないですむだけの食料が届くと、あれは冬眠宣言を発するわけです」

「ああ、そうか、冬眠といっても、冬だけとは限らないんですね」

「ええ、ぼくと結婚する前、独りで住んでた頃から、時々やってたらしいですね。なにもかも放り出して、閉じこもって、何日も何日も、独りで過すんだそうです。それが、あれには一番安心出来る状態なんでしょう。眠って、眠って、眠りぬいて、目が覚めると、なにか食べて、本を読んだりして、また眠るんです。子供の頃、眠り姫と呼ばれていたそうで、そんなに寝たら黒目が流れちゃうぞって笑われたのが、大人になっても、まだ抜けないんです」

「凄いもんだな。ぼくにはとても出来そうもない。一度目が覚めたら、もう寝てられないたちだからなあ」

「ぼくにもよく解らないんですがね。あれが眠ってるところを見てると、疲れの深さというか、そういうものを感じるんです。人間はとても疲れるもんなんだという気がするんですよ。いくら寝ても、なかなかそれを解消することは出来ないんだって……」

「島さんは、横で眺めてるわけですか」

修介は少々無遠慮な質問をしてみた。

「それがですね。……困ったな」

島が大いに照れたので、修介は少し度が過ぎたかなと、気の毒になった。

「ぼくはどうも恥かしくて厭なんだけれど、あれは、独りで冬眠するのは、やっぱり詰らないんですよね。そこで、無理矢理ぼくを引き込むわけです。そりゃ、ぼくも旅の疲れで、二三日は昏々と眠ることはあっても、たちまち飽きちゃう。外の空気が吸いたくなって、今日だって脱け出して来たんですよ」

島は苦笑した。

「つき合うのも大変ですね」

「大変ですよ」

「まだまだ冬眠明けまでは……」

「ええ、まだまだ」

「実はね、家内が心配してるんです」

「は？」

「お二人とも、ご病気なんじゃないだろうかって……」

「すみません。ご心配をかけて」

「でも、これでよく解りました。しかし、家内には説明しないことにします」

「はあ」

「説明しても、どうも違った風にとられそうな気がするもので」

島は、よろしく、というように頭をひとつ下げた。

「ねえ、あなた」

哲子が、エプロンで、手を拭きながらいう。

「私、やっぱり心配だわ」

「なにが」

「お隣よ」

哲子の声が高くなる。

「ああ、そうだった」

修介は内心身構える。

「……なに、気にすることはないよ」

「だって……」

「管理人に聞いたら、島さんのご主人は、出たり入ったりしてるって」

「そうお」

「奥さんが風邪かなんか引いたんじゃないのかな」

「そう、それならいいけど……」

哲子はいくらか安心したらしい。

「……静かすぎるって、なんだか不気味だわ」

「騒々しいより、ずっといいと思うがなあ」

「それはそうなんだけど、……皮肉なもんね、ひっそりしすぎてて心配だなんて。ひとに話したら笑われそう」

修介は、煙草に火をつけて、ゆっくりと煙を吐きながら、壁を眺めた。横も上も下も、窓以外は、呼びかたこそ違っていても、要するに壁である。その壁一枚をへだてて、上にも下にも両隣にも人がいて、それぞれ違う顔をして違う暮しをしている。しかし、いくら壁を眺めても、その向うの人の気配や、暮しは想像の外であった。

修介は、立ち上って、壁の風景画の額縁をちょっと直した。二三日前から気になっていたのである。

もう一度、眺め直して、片下りになっていないことを確かめる。

修介は考えていた。

その壁の向うには、島夫婦がいる筈だった。

冬眠中の妻と、好人物の夫。

しかし、壁の向うは相変らずひっそりと、人の気配もない。

鮭

予感というものが、もし実際にあるものならば、その日の喜久子には、確かにそれらしいものがあった。

夕方、買物に出るのは、喜久子の日課である。駅前の商店街まで歩いて行って、ささやかに晩の買物をしたり、蕎麦屋や、レストランで一人だけの食事を済ませる。そのあと、珈琲店に入って、長いこと本を読むこともあった。遅く帰っても、文句をいう家族は誰もいないし、時間を気にする必要はなかった。

その日、いつもの買物に出かけた喜久子は、商店街のなかで、誰かに見られているような気がした。

漠とした感じでしかないが、背中に視線を受けているように思って、彼女は二三度、振り返ってみた。

誰も、それらしい相手は見当らない。

丁度、喜久子のような買物客で、商店の混み合う時間である。八百屋、魚屋、惣菜を売る店、どの店先にも人垣が出来ている。この私鉄沿線の町も、目立って人が増えているのが解る。急行が着いたとみえて、またひとしきり、駅の出口から人波が流れ出、それぞれ思い思いの方向へ散っていく。

鱈《たら》ひと切れ、豆腐、春菊、卵は朝の為、ボールペン、それだけが喜久子の買物である。仙台にいる女学校時代の旧友から便りを貰って、返事を書こうとしたら、使い古したボールペンのインクが切れていた。今夜は書くつもりである。晩は、鱈の鍋でいい。豆腐は一丁あると二度の役に立つ。失業保険が入ったばかりだから、懐はいくらか暖かだったが、無用の出費は許されない。

流しで春菊を洗っていると、目の前の窓の外を、すっと人の影が過ぎたような気がした。表の門は閉じたままになっているので、裏木戸しか使えない。来客は勝手口を廻って玄関へ行くことになる。

今頃誰だろうといぶかりながら、玄関へ出て行く。

ブザーが鳴った。

明りをつけると、格子戸の向うに誰かの立っている影が見えた。

戸をあけると、夫の清治だった。

喜久子が立ちすくんでいると、清治も、しばらく押し黙っていたが、やがて、ひとつ頷いて、

「ああ」

といった。

喜久子には、言いたいことが山ほどあった。眠れない夜などに、夫ともし顔を合せたら、ああもいってやろう、こうもいってやりたいと、繰り返し考えていたことで、胸のうちははち切れそうになっていた。

それなのに、いざ、清治と向い合ってみると、その瞬間に喜久子の頭に浮んだのは、

(この人、ひどく疲れているようだ)

という、ごく客観的な印象だけであった。

そして、その次に、喜久子の口をついて出たのは、

「ご飯、すんだんですか」

という言葉だった。何年間か使わなかったけれど、以前は口にした言葉である。それが突然自分の口から出たとき、喜久子は自分ながら意外だった。不意をつかれて、思わず口走ったという感もあった。

あとで考えれば、喜久子のそのときの言葉次第では、清治も諦めてまた出て行ったかもしれないのである。ただでさえ、敷居が高かった筈だ。

清治の顔に、安心の色が浮んだ。

そして、照れたように目をぱちぱちさせながら、彼は、

「いや、まだだ」

と答えた。

喜久子は風呂を沸かし、食事の用意を調えた。落ちついている積りだったが、やはり気持は宙に浮いていて、台所で庖丁を使っていると慄《ふる》えが来た。何度か指を切りそうになった。

清治も、ぎこちなく坐って、煙草ばかり吸って、家のなかを見廻しているようだった。立ち上って、どこかへ行ったと思うと、縁側の硝子戸を開けて、暗い庭をじっと眺めていた。

(ひとり住いは不用心だから、誰かに空いた部屋を貸しなさったら……。いくらかにもなりますし……)

そう勧めてくれる人もあったが、喜久子はその気になれなかった。これも、知人の計らいで勤めに出るようになったが、会社の事務の仕事にも、やはり馴染めなくて、辞めたばかりである。

さきのことは考えまい、と、喜久子は心に決めていた。今のところは、なんとか暮している。

いよいよとなったら、また考えればいい、と思う。家を彼女の名義にしておいてくれた親の判断は、今になってみれば、先見の明があったといえる。清治は、そのことで気持を傷つけられたらしいが、おもて立って口にすることはなかった。

風呂から上って、食事をすませる間も、二人は、ほとんど話らしい話をしなかった。

うっかり口をきけば、たちまち果てしのない口争いになりかねない。それは喜久子にも清治にもよく解っていた。言いつのり、罵り合ってみたところで、なんの足しにもなりはしない。

喜久子は、台所に酒があったのを思い出して、燗《かん》をつけた。

清治は、酒の顔を見て、不思議そうにしていたが、なにもいわずに飲んだ。喜久子がたまに飲んだ飲み残しで、いくらもなかったが、清治はたちまち赤くなった。随分と弱くなったようだった。以前の清治は、かなりの酒豪であった。

酔うと、清治は坐っているのが大儀のようにみえた。

さほど大きくない身体が、ゆらゆらとしている。見馴れた清治より、ひと廻り痩せて、小さくなったと喜久子は思う。

床を取ると、清治は、

「有難う」

と小さくいって、すぐ立って行った。

喜久子は、食事のあとを片付けて、ずっと起きていた。手紙を書く積りだったが、とても書けそうになかった。それで、長いことテレビを見ていた。

深夜映画が終り、遂に画面が空白になってしまうと、喜久子はやっと立ち上った。

壁に、清治の背広が吊してあり、その下にボストン・バッグが置いてある。何年か前なら、さっさと片付けてしまうところだが、背広もボストン・バッグも、見馴れない感じのもので、夫のものという思いがしない。

ワイシャツは、洗濯屋から返って来たばかりのもののようだった。ここ数年間、清治がどこでどんな生活をして来たのか、それを語ってくれるものは、それだけである。

喜久子は、じっと、その背広とバッグを眺めていた。ポケットや、バッグのなかみを確かめてみたい気はしたが、他人の持物を探る疚《やま》しさの方をつよく感じて、思いとどまった。

寝室に入ると、清治は寝息を立てていた。

そっと自分の布団にすべり込み、身体を横たえると、突然、涙が湧いて来た。嗚咽《おえつ》というのではない。ただ、とめどなく涙が湧いて来て枕を濡らした。

明けがた頃、喜久子はふと目覚めた。

誰かが叫ぶ声を聞いたように思ったからである。

ひとり寝の習慣がついてから、喜久子は耳ざとくなっていた。

しばらく半醒のまま耳を澄ましていると、隣の清治が、なにか呟いた。

なにをいっているのか、聞き取れないが、はるか遠くから伝わって来る声のように聞える。

なにか得体の知れない動物の遠吠えのようにも思える。

喜久子は闇のなかでじっとその声を聞いていた。

清治が家を出てから、四年になっていた。

ある朝、いつものように出て行って、ふいと消息が絶えた。

その日は、会社に顔を見せて、午後、どこかへ出掛けて、そのまま、会社へも連絡がなかったそうである。

その後捜索願いも出され、喜久子はいろいろ事情を聞かれたが、思い当る理由はなにもなく、彼が立ち寄りそうな先も、まるで見当がつかなかった。

清治の身辺に就て、会社や警察で一応の調べの結果が出たけれど、首の廻らないような借金とか、事件につながりそうなものは、なにも出なかった。これといった女性関係もなかったようである。

「単なる蒸発、というと、可笑しな言いかただが、どうも、そういうより他にないようですなあ」

というのが、警察の見解であった。

「仕事もよくやっていましたし、対人関係で悩む人じゃありませんしね。動機を探すのに苦しむんですよ」

会社の上司はそういう。清治は、会社では、ごく人あたりの良い人間で通っていたらしい。

それを聞いた喜久子は、ちょっと意外な気がした。

「もちろん、帰って来たら、すぐ復職して貰いますよ。なにしろ仕事には精進しておられるし……」

上司は、愛想よく、そう付け加えた。

半年ほどして、ある晩、電話が鳴った。

喜久子が出てみると、受話器の向うはしんとして、相手はなにもいわなかった。

直観的に、喜久子は、清治だと思った。

何度呼んでも、相手は黙ったままである。

やがて、溜息のような風のような音が聞えたと思うと、電話は切れた。喜久子は、しばらく茫然としていたが、清治が健在でいることを確信した。

その後、熱海で清治を見かけたという話や、水戸で清治に会ったという話が伝えられた。

たまたま、出張で出掛けた水戸の市内で、清治にばったり会った同僚が、喫茶店でしばらく話したらしい。その時の話の内容を電話で喜久子に報《しら》せて来た。

清治は、あちこちを転々としているようである。

その時、同僚の男が聞いた話では、清治は水戸のどこかの会社に勤めているということだった。

喜久子に、なにか伝えることはないのかと聞くと、清治は、

「探すなといってくれ。ただ、元気でいるとだけ伝えてくれればいい。そっちも元気でいてくれるように」

それだけ伝えてくれれば、と、清治は頼んだという。

喜久子は、清治が家を出た理由が知りたかった。同僚の男も、清治から、それを聞きたかったらしい。

ところが、清治は、その質問に答えて、

「俺にも、よく解らない」

と、いったそうだ。

「急に、虚しいな、という気がしたんだ。なにが理由なのか解らないが、虚しいなと思い始めると、それが頭から離れなくなってね」

清治は、それ以上は説明をしなかったそうである。

水戸へ探しに行ったらどうかという人もあり、その役を買って出ようかという親類もいたが、喜久子は、多分もう清治は水戸を離れたに違いないとおもった。そして一切の申し出を辞退した。

帰って来てからの清治は、相変らず言葉すくなで、喜久子と、ほとんどだんまりで日を過した。気持は落ち着いているようだったが、顔色がひどく悪く、大儀そうな様子が目についた。

「どこか悪いんじゃない」

と、喜久子が聞くと、

「いや、大したことはない」

と、首を振るだけである。

見かねた喜久子が、付き添って病院へ連れて行くと、医者は精密検査をするように命じた。それっきり、清治は、病院へ行かなかった。

清治と喜久子は、縁側に腰掛けて、庭を眺めていた。なんの取柄もない小さな庭だけれど、沈丁花が開きかけていて、かすかな香が空気のなかを漂っていた。

珍しいほど暖かな陽差しであった。

身じろぎもせずに、庭を眺めていた清治が、坐り直して、喜久子をまじまじと見詰めた。

(なんですか)

と喜久子は、問い返そうとして、清治の顔を見た。

声が出なかった。

清治の目に、今まで見たことのないほど穏やかな色を見て取ったような気がして、胸がつまったからである。

今まで、つもりに積った言葉が、喜久子の口からほとばしろうとしたときに、清治は顔をそむけて、立ち上った。

下駄を突っ掛けて、庭先へ出ると、清治は沈丁花のひとむらの前に立った。

そして、小さな花の一つを摘むと、鼻の先へ持って行って、ふかぶかと匂いを吸い込んだ。

「可笑しいな、一つだけ嗅《か》いでも、それほど匂わない」

「そうかしら」

「そうだよ」

清治は、そっと、その花を摘まんだまま、縁側の喜久子のところへ持って来た。

「そんなに匂わないわね」

「な……」

清治は、その花を摘まみ直すと、手を伸ばして、喜久子のスウェターの胸に、それを挿した。うまく留った。

帰宅から三月もしないで、清治は、あっけなく死んだ。

五十歳までに、まだ数カ月あった。

入院してから、息をひきとる迄、喜久子はずっと付き添っていた。

清治は、喜久子に、家を出ていた間のことを、なにも話さなかった。

喜久子の方も、それについて訊きただそうとはしなかった。

話を聞いて、あらためて傷つきたくはなかったのである。

どこで、どうして暮していたのか、清治以外には誰も知らない。

ただ、小康を保っていたときに、清治は、ふっと、こんなことを口にした。

「水戸のずっと先にね」

「ええ」

「いい海岸がある」

喜久子は、清治がなにを言い出すのかといぶかった。

「いい海岸なんだよ」

「どんな海岸なの」

「崖があって、松があって」

「そんなにいいの」

「そこに坐って、海を見てると、気持が休まる。なんといったかなあ」

「忘れちゃったんですか」

「忘れちゃった」

清治はしばらく天井を睨んでいた。

息苦しそうだった。

しばらくして、こういった。

「そこへ行ってごらん。それをいって置きたかったんだ」

そして、目を閉じた。


〔……そんなあれこれがあって、ご返事を今まで持ち越してしまいました。さぞや筆不精を嗤《わら》っていらっしゃることと、申しわけなく思って居ります。

過ぎてしまうと、なにごとも、あまりにあっけなく感じられます。日ましに暖かくなって来る陽気も、花のたよりも、なんだか夢のようです。貴女のいらっしゃる仙台は、如何……〕

喜久子は、忘れていた手紙の返事を、やっと書き始めた。

夫と死別した前後の様子を書く段になって、やはり筆は滞った。

しばらく考えた末に、喜久子は、こう書いた。

〔……四年も留守にしたあげく、ひょっこり帰って来て、そのまま死んでしまうなんて、……まるで鮭みたいに、一生懸命に帰ってきたのね……〕

それから先はもう書けなかった。

背中

ドアが開いて、風と一緒に志田が入って来た。

突っ立ったまま、

「カレー」

という。

「あら、珍しいわね」

カウンターの中の須賀子が顔をあげた。

志田は、いつも昼を自分の家に帰って食べる。それが習慣である。

「珍しいな。どうした」

奥のテーブルの中根が声を掛ける。

「かあちゃん、風邪、寝込んじまった」

「そうか」

志田は、中根たちのテーブルにやって来て、ずどんと腰を下す。

「カレーとコーヒー」

「はいはい。……やあねえ、風邪は」

須賀子も、やっと風邪が抜けたばかりである。

「……馬鹿は風邪をひかねえっていうから、安心してたら」

「よくいうよ」

須賀子が笑った。

「そういえば志田さんはひかないね」

中根も田村も笑った。

〔ラモーナ〕は、中根や田村や志田や、個人タクシーの運転手の溜りのような店である。幹線道路にあって、店の前に駐車が出来、珈琲がうまい。適当に安直で、適当に居心地がいい。そういう点で、彼等には独特の好みがある。〔ラモーナ〕の店主も、妻の須賀子も、そのへんはよく心得ていて、彼等の扱いにそつがなかった。

中根は〔ラモーナ〕の珈琲が好きで、日に二度は寄る。濃くて、苦い珈琲である。

「昔のコーヒーと同じ味がする」

と、中根はいう。

若い田村は、濃いのは苦手で、お湯を貰って薄めて飲む。〔ラモーナ〕にはアメリカンがない。

中根の齢になると、〔ラモーナ〕という名前に感慨がある。戦前の日本でもはやったアメリカの曲の名前を取ったのである。

〽ラモーナ……

中根はときどき口ずさんでみるけれど、歌詞を知っているのはそれっきりで、あとはメロディを唸るだけである。店主も、須賀子も、ときに声を合せるけれど、その先の歌詞は誰も知らない。

「それでいい曲なのかねえ。どこか間違ってるんじゃないの」

田村は首を傾げていう。

店を出ると、おもては冷えびえとしていた。

志田や田村と別れて、自分の車に乗り込むと、続けざまに、くしゃみが出た。

風邪を貰ったのかもしれない。車は密室だから、風邪っぴきの客が乗れば、否も応もなく貰ってしまう。

中野坂上のあたりで、三人連れの若い男女の客がついた。

走り出して間もなく、嫌な予感がした。

背中で感じるのである。

後ろのシートの男と女が、なにかひそひそ言い合っている。

「この人よ、この運転手よ」

女の方が険のある声をあげた。

「確かよ。こいつよ」

「なんだい」

中根の横に乗った男が、首をねじ曲げた。

「この間、喧嘩した運転手よ。見憶えがあるわ」

中根は驚いた。ときどき、客と口争いをする場合もないではないが、此の客に見憶えはない。

「ねえ、あんたでしょ」

「なにが」

「なによ、白っぱくれちゃって。こっちはちゃんと憶えてるんだからね」

中根の車には、後ろのシートとの間に仕切りがつけてない。中根は後悔した。わめく女の声が、頭の後ろすれすれに聞える。

「待ってくれよ。藪から棒にそんなことをいわれたって、こっちが迷惑だ」

「なにが迷惑さ。いいとこで会ったじゃないか。話つけようじゃないか」

女は言いつのる。水商売も、あんまり程度のよくない方の女らしい。男たちの方も、トルコか、キャバレー勤めといった風態である。

中根にはまるで心当りがない。瞬間に頭にひらめいたのは、新宿の十二社の派出所が近いことである。そこまで話を引っ張っておいて、派出所に横付けしてしまうのが一番よさそうだった。

「人違いだろ」

「人違いじゃないよ。ちゃんとツラ憶えてるんだよ」

「ほう。それじゃ聞くけどな。どこで、どういう風に喧嘩したんだい。俺と」

中根もむかっ腹が立って来た。隣の男が緊張するのが解った。

「なにいってんだ。こないだの晩じゃないか、歌舞伎町でよ」

「何時頃」

「そんなこと憶えてるかよ。二時頃だよ」

「ナンバー憶えてるかい」

「憶えてるさ、練馬の……」

「俺は品川だぜ。これをよく見なよ」

中根は、助手席の上の写真とナンバーを顎で指した。

「もう一つ、俺は十二時にゃ家へ帰っちまう。どんなに遅くてもだ」

女がひるむのが感じられた。

「……夜の二時頃、お前なんか構ってる暇はねえや」

女は口ごもった。人違いだと悟ったらしい。

それでも虚勢を張って、男たちをけしかけようとする。目が吊り上っていた。

「なによ、あんたたち、こんな爺いに勝手なことといわせとくの」

男たちがやっと口を切る前に、車は交叉点を渡っていた。中根は、素早く派出所の前に車を横付けにして、ドアを開け放つと、怒鳴った。

「さっさと料金を払って降りろ。それとも交番で話をつけるか」

巡査が、首を伸ばして車の方を見詰めている。隣の男がそそくさと料金を払い、棄てぜりふらしいことをぶつぶつ呟いて、三人は足早に歩き出した。

「どうかしたの」

巡査が声を掛けて来た。

「チンピラだよ。へんな文句つけて来やがって……。もういいや、追っ払っちまったから」

「そう。……まあ気を付けて」

若い巡査は、あまり立ち入りたくなさそうな顔をしていた。

怒鳴ったあとに、持って行きどころのない鬱憤が残って、中根は気が滅入った。

嫌な気分だった。

いっそ仕事を切上げて帰ろうかとも思ったが、水揚げはまだ心づもりの半分もいっていない。

人違いなんかされたことがいまいましくて仕方がない。

「ちくしょう、……ちくしょう」

フロントグラスに、何度も罵声を浴びせてみたが、一度滅入った気分は、なかなか晴れそうもなかった。

運転手仲間の一人は、そういう時に、車の窓を全部締め切り、あらん限りの声を張り上げて、馬鹿野郎、馬鹿野郎と連呼しながら走り廻るのだといっていた。そうすればカラッとするという。しかし、それも、人によりけりの方法なのだろう。

中根の齢になると、怒れば怒るほど、それが自分に向ってはね返って来て、無数の破片のように自分を傷つける。気が滅入るのは、みすみす怒る愚を犯した自分への失望からなのだろう。

「いい勉強したよ。社会勉強だ」

志田ならばそういって片付けてしまう。

中根はそう割り切ってしまえる志田が羨ましい。

「くよくよしたって仕方がねえよ」

志田はそういう。

「世のなか、嫌なことだらけなんだから、いちいち怒ってたらたいへんだよ。身が保たねえよ」

ましてタクシーは客商売なんだから、難しい顔してちゃいけない。だいたい個人タクシーってのは、妙にお高くとまってるのが多くて、客に説教垂れたり、剣突喰わしたりするけど、それはとんでもねえ料簡違いで、今にみんなそっぽ向かれちまうぜ……。志田のいうことはあくまで正論で、中根も耳が痛いことがある。

しかし、その志田でさえも、いつもニコニコ笑っている訳にはいかなくて、最近は、

「この不景気はどこまで続くのかね。なんとかなんねえのかな」

と、真顔で呟くときがある。

景気を一番敏感に反映する職業は、やはりタクシーと銀座あたりの高級バーかもしれない。

中根の常客で、ときどきゴルフ場まで送り迎えをしたりする銀座のバーのマダムも、近頃はまるっきりらしく、こんな弱音を吐いた。

「参った参った。なんとかしてよ、中根さん」

「苦しいの」

「ひどいもんよ。あたしんとこは、ホラ、女の子だけでも七八人いるでしょ。あの分たいへんなの」

「遊ばせてるのか」

「そうよ。みんなやめて貰って、あたし一人で切り廻したら、そりゃあ楽よ」

「そうかねえ」

「そりゃあ楽よ。ぜんぜん楽よ」

「ふうん」

「中根さんの商売は強いわよ。一人ってのは強いわよ。羨ましいわ」

「そうかなあ。そんなにいい商売かね」

「いい商売よ。あたし、いざとなったら白タク始めようかと思ってるの」

そのマダムは、フィアットの赤いスポーツ・カーをガレージに寝かしている身分だ。

「白タクじゃなくて、赤タクだね」

「あたし、本気なのよ」

不景気風が、どれ位銀座に吹きまくっているのか、中根にはよく解らないが、タクシーの客が減っていることだけは確かだった。いつもなら、十二時には商売を切上げてさっさと帰ってしまう彼も、このところいくらか帰りが遅くなっている。

十二時を廻った頃、中根は、赤坂で二人連れの客を拾った。二人とも中根と同じ位の年輩で、裕福そうな身なりをしていた。近くで飲んでいたらしく、酒の匂いを漂わせていたが、陽気な二人連れであった。

行先は、三鷹と国分寺である。中根には好都合だった。此の客を送って、上ろうと決めた。夜ならば、どれほどの時間もかからないし、よく知った道である。

ハンドルを握りながら、背後の話し声を聞くともなしに聞いていると、二人の会話は、どうやら昔の映画の話のようだった。やりとりの調子からすると、学生時代からのつき合いという感じだった。

「いい女優だったたな。俺は本当に憧れてたんだ。……なんて名だっけ」

「なんてったっけ。ほら、ぼうっと霞んだみたいな目をしてさ」

「そうそう、髪の毛を弁髪《べんぱつ》みたいに編んでるんだよな。それをぐるぐる頭に巻きつけてるんだ」

「そうじゃないさ。パーマだろ。縮らして、帽子を冠ってるんだ」

「そりゃお前、ダニエル・ダリュウとごっちゃになってるんだ」

「そうじゃないさ。俺は『舞踏会の手帖』のことをいってるんだぜ」

「そうだよ。『舞踏会の手帖』だよ。ホラ、あれが出てたろ、あれが……」

「誰が」

「ホラ、だからさ、あの、あれだよ。ギャング役者の」

「誰だよ」

「じれったいな。……こういう顔したの、いたじゃないか」

「そんな顔の役者がいるかよ」

中根は吹き出しそうになった。二人とも、まるで俳優の名前が思い出せないらしい。恐らく昔ならスラスラと出た名前が、二人とも出て来ないのである。

「あれも出てたよなあ。へんな名前の……」

「どんな名前の」

「だから、……ああ、齢は取りたくないなあ。待てよ。思い出したぜ。いや、違うな」

「俺だって思い出したぞ、ジャン・ギャバンだ」

「そうそう、ギャバンだよなあ」

「あれッ、ギャバンは出てたっけ。違うかな」

中根も、その『舞踏会の手帖』というフランス映画は何度か見たことがある。しかし、ジャン・ギャバンが出ていたかどうかは確かな記憶がない。

「男はどうでもいいんだ。此の際、問題なのは、あの女優なんだ」

「ミレイユ・バランは、『望郷』か」

「そう、あれも妖艶だった」

「よかったな。ディートリッヒとどっちかってくらいだった」

「でも、『舞踏会の手帖』の女優の方が、俺の好みだったな」

堂々めぐりのあげく、とうとう名前が出ないうちに、客の一人は三鷹で降りて行った。

「……あの女優ですがね、お客さん」

中根は口を切った。

黙っていられなくなったのである。

「マリー・ベルって言いませんでしたかね」

「そうだよ。驚いたな。マリー・ベルだ」

客は手を叩いて喜んだ。

「よく知ってたなあ」

「何度か観たんですよ」

「ざまあ見ろ。帰ったら早速電話を掛けてあいつを、驚かしてやる」

「冗談じゃありませんよ。もう真夜中です」

「そうか。……マリー・ベル、その通り、えらいッ、あんたは通だ」

客は上機嫌で、しきりに昔の映画や音楽の話を中根に向ってし始めた。中根にも結構その相手がつとまる程度の知識はあった。その昔、映画館や喫茶店に入り浸っていた頃の記憶が蘇って来て、中根は能弁になった。

「お客さん、ラモーナ憶えてますか」

「知ってるとも、ラモーナだろ」

客は朗々と歌い出した。

〽ラモーナ……

しかし、言葉になっているのは、歌い出しの「ラモーナ」だけである。あとはメロディだけであった。

「歌詞はご存じじゃありませんか」

「フシだけは憶えてるけどねえ。歌詞は知らないな」

「みんなそうなんですよねえ。ラモーナ、だけなんだ。いい歌なんですけどねえ」

「いい歌なんだ。あれはねえ、あの女優が歌ったんだよねえ」

「ほう、誰なんですか」

「ホラ、あれだよ。あの有名な、ホラ、彼女が、映画のなかで歌ったんだと思う」

「誰だろう」

「誰だろうって、君、あの、金魚みたいな、あの、コケティッシュな……、知ってる筈だよ、君なら」

「弱っちゃったな、雲をつかむようで」

客も中根も思わず吹き出した。

「お互いに困ったもんだな。まるで名前が出て来ない。こういうのをなんていうのかね。失語症とも違うし、失名じゃ語呂が悪いし」

「齢のせいですかね」

「そうかもしれない」

二人で苦笑しているうちに、車は国分寺に着いた。

寝静まった街の、街灯のある角で、客は降りた。

降りしなに、彼は上機嫌で、

「やあ、愉快だった。また会おう」

と、中根の手を握って、子供のように上下に振った。

見送っていると、いくらか酔った足どりで横町へ入って行く。酔った客は、一応、家へ辿りつくまで見届ける。それが中根の習慣だった。

静かな一劃である。

門の開く音を聞き届けて、中根は窓を閉じ、その日の最後の記入をした。赤坂—三鷹—国分寺とコースを書き、料金と時間を書き込む。

肩がひどく凝っていた。

車を出そうとすると、突然窓をどんどんと叩かれて、飛びあがりそうになった。

人の顔がのぞいている。ニコニコ笑いながら、

「俺だよ。俺だ」

と叫んでいる。今の客だった。

窓を下げると、彼は嬉しそうに、

「思い出したぞ、たった今思い出したんだ」

と、人指し指を立て、秘密めかした口調で、中根にこういった。

「ドロシー・ラムーアだ。ドロシー・ラムーア」

そして、また急に自信をなくしたらしく、がっかりしたように、首を振って、呟いた。

「……ぜんぜん違うな。まるで違う」

待たれる

秋場は、浜で夕日を眺めていた。

驚くほど大きな陽が、水平線の向うにすっかり姿を没してしまうのを見届けて、ホテルに帰った。

シャワーを浴びて、その日の午後に買って来たばかりのアロハ・シャツに着換える。

着終って、鏡を眺めると、思ったより悪くなかった。ゴルフ灼けしているせいで、派手かなと思ったシャツが、それほど目立たない。

もっと派手な柄を選んでもよかったような気もする。彼が選んだのは、生地を裏返しに使った色も柄も少々ぼけたようなシャツである。売り子は、これは今のはやりのものだと、お愛想のようなことをいった。

鏡のなかの自分を点検した秋場は、思いついて、シャツの一番上のボタンを外した。その方が寛《くつろ》いだ雰囲気になる。気楽な中年男という感じである。

部屋の中で、花が匂った。

空港で首に掛けて貰ったレイである。

壁のブラケットに引っ掛けておいたレイから、ひとつ、花を取って、胸のポケットの底にひそめる。東京にいる時などは、考えもしないことだと彼は思った。

十分後に迎えの車が来た。

秋場が下りて行くと、フロントの所で、大柄な、よく陽灼けした男が、係の男と親しげに話し込んでいた。知合いらしく見えた。

男は、秋場に気付くと、笑顔で名乗った。アメリカ系らしかった。

「ジミーに頼まれて、迎えに来ました」

そういうことに慣れているらしい。さっさと先に立って、自分の車に秋場を案内する。

ジミー・仲間の家は、カハラだと聞いていた。

カハラというのは、どのあたりなのか、秋場には見当もつかない。

「そんなに遠くない。ダイアモンド・ヘッドの向うね」

「そうですか」

「キョートほど遠くない」

「……」

「キョートにもカハラ町あるでしょう」

秋場は吹き出した。アメリカ人の大男が、こういう軽口を叩くとは思っていなかった。

その男、ケンは、いろいろな血が入っているのだという。大柄なくせに、どこか気弱な様子が見える。黙っていると、思慮深い男の感じがあるが、口を開くと冗談である。秋場は、自分の知合いの中にも、誰かケンに似た肌合いの人間がいたように思ったが、それが誰だか思い出せなかった。

ケンは、ジミー・仲間のゴルフ友達だという。知合って、まだ何年にもならないというが、よく行き来はしているらしい。

「今夜のバービキューの肉は、特別おいしいよ。私、特別に選んだからね」

と、ケンはいう。

秋場は、ジミー・仲間を前の日に知ったばかりである。

ロスまで出張する秋場は、出掛ける前に、同じ社の同僚から、一通の書類を託された。それを、帰りにハワイにいる親戚に渡してくれないかという依頼である。

「叔父なんだけどね。頼むよ。向うにそういっとくから……」

そして、彼はちょっと言い難そうに、

「……ついでに、どんなふうに暮してるか、見て来てくれないか。なにしろ、行ったっきりだもんだから……」

と、言い添えた。

ハワイに着いて、秋場が空港から電話をすると、ジミー・仲間は、ちゃんとホテルを取ってくれていた。秋場は部屋に入るやいなやベッドに身を投げ出して、ロスから続いた寝不足をいくらか解消した。

ジミー・仲間は、秋場が目覚めるのを見計らったように現れた。小柄で、額の禿げ上った老人である。七十という年を聞いて驚くほど若々しい。

彼は、空港まで出迎えられなかったことを詫びて、ちょっと外せない約束があったもので、といった。

秋場が、預って来た書類らしいものの封筒を渡すと、ジミーは丁寧に礼をのべ、その割には内容も調べずに、

「どうです。折角いらしたんだから、四五日遊んでいらしたら」

と、気楽なことをいった。

「残念ながら、そうもしていられないんです」

「いいじゃありませんか。あちこち御案内もしたいし」

秋場も大いに気が動いた。しかし、全くのところ、それだけの時間の余裕はなかった。

彼が予定を告げると、ジミーは惜しそうに首を振って、

「それでは、明日の晩、私の家までお越し頂きましょう。珍しくもないが、バービキューでもしましょう。気のおけない客を呼んでおきますから」

と、時間を決めて帰って行った。

ジミー・仲間の家は、静かな一劃のなかの、なかなか凝った造りの家だった。

「仲間さんは、家族がいるの」

「一人、女のひといる。ケイトね」

ケンは、前庭を仕切っている生垣の前に車を駐めながらいった。

「ケイトは、ミセスじゃない。ミセスいうと、ジミー、気に入らないね」

ケンは、さりげなく、そう、釘を刺した。

生垣について家を廻って行くと、プールがあり、プールサイドにテーブルがしつらえられて、バーベキュー・パーティーが始まっていた。明りがあふれていて、プールの水がきらめいている。

ジミーは、大きな前掛け姿で、これまた大きなフォークを操って肉片を焼いていた。

客は男女合せて七八人くらいである。

ケンが先に立って入って行き、ジミーから前掛けとフォークを受け取って、焼き手の役を交替した。

ジミーは、陽気に秋場を迎え、飲物を手渡した。自分もグラスを手にして、秋場に客たちをひき合せにかかった。

秋場は、その一人一人と挨拶を交したが、最後に紹介されたケイトという女に注意を惹かれた。

ミス・ケイトは、日系人らしい中年の女で、大きな、よく光る黒い目をしていた。顔にも姿にも、まだ美しさを留めている。それは、また、秋場のような中年男から見ると、油断のならない種類の美しさであった。

秋場はケイトと目を合せたとき、なにか挑戦的なサインを受けたような気がした。何故なのか、その場では解りかねた。

「ま、おあがりなさい。ケンの自慢のショート・リブじゃ」

ジミーは、秋場を火のそばへ連れていった。

ケンが皿に取ってくれた骨付きの肉は、なるほど素晴しかった。

「これは逸品ですね」

秋場は目を丸くした。

「そうでしょう。この男はね、州の畜産の方の役人でね。専門なんですわ」

「バービキューの専門家ね」

と、ケンが笑った。

「それで目が利くわけですか」

「目も利くし、いい肉も手に入るんですわ。こういうパーティーには欠かせない男でね」

「肉を見る目はあるけれど、女性を見る目はない。ジミーはそう言いたいのね」

「まったくその通りでね」

と、ジミーはくっくっと笑う。

「……この間も悪いのに引っ掛って」

「ノーノー、その話、カンベンね」

「そうかそうか。秋場さん、ちょっと家のなかを御案内しましょうか」

「ええ、ぜひ」

ジミーはグラスを片手に、先に立った。

入ってみると、またなかなかいい家だった。

秋場は、建築にはうとい方だが、すべてが、幾分古い調子で整えられているのは解った。吹抜けになった高い天井や、壁の色、窓の形、大型の家具に、絨毯の色彩……。漂っている空気も、リリウオカラニ女王の頃の、昔のハワイの匂いを伝えているように思われる。

「どうです。古くさいもんでしょう」

「いいえ。なんというんでしょうか、こういう様式は。古いハワイ風ですか」

「さあ、なんでしょうかね。以前は、もっとモダンだった」

彼は外の方を指して、

「あの連中のなかに、不動産屋がいてね。いい家があるから買えとすすめに来たんですよ。見たら、モダンだけれど、ありきたりの家でね。そこで、内装だけすっかり変えたんです。マウイ島に、ラハイナという昔の首府があってね。その町で、古い材料を手に入れてね」

「ほう、贅沢なもんですね」

老人は笑った。

「なにせ、年寄りが住むのでね。あまりモダンでは身にそぐわない。まあ、掛けませんか」

秋場は、青い色の大きなソファに腰をおろした。

「天井が高過ぎて、冷房が利かないだろうという人もおるけれど、老人には冷房はいらない。……ああ、お酒がありませんね」

彼は秋場からグラスを受け取ると、隅の大きなキャビネットのところへ行き、二人分の飲物を作りにかかった。

「甥は、なんといってました」

「……は」

老人は二つのグラスを手にして、そろそろと秋場のところへ戻って来た。グラスを手渡すと、すこし離れた彼専用のらしい椅子に腰掛け、手のなかのグラスを廻して、氷の音を立てた。

そして目を上げると、同じ質問をした。

「私のことに就て、なにかいってましたか」

「ええ、こちらへ来られたきりなので、と……。消息を知りたがっていました」

「心配なんですよ」

老人は、言いきった。

「そうなんだろうと思います」

「いろいろと心配なんです」

「はあ」

ジミー・仲間と呼ばれるこの老人は、そこで言葉を切ると、しばらくの間、視線を宙に漂わせていたが、やがてこういった。

「私の身寄りも、もうあの子たちだけになってね。……あの子という年でもないが……」

「そうなんですか」

彼は、ずっと以前に妻をなくした。甥と、その姉の両親、つまりジミーの兄夫婦も、若くして世を去ってしまった。その為に、彼は親代りの役をつとめて、甥と姪の面倒を見たのだそうである。

「いい子だった。二人とも。……結婚するときも良縁だと私は思った。しかし、人間は変るものでね」

それは、どういうことですか、と、秋場が聞き返そうとしたときに、ドアが開いて、ケイトが食物の皿を手に現れた。

「あら、こちらだったの」

ケイトは、にこやかに近付いて来ると、

「……ジミー、お酒、飲み過ぎては駄目」

と、たしなめておいて、肉と野菜の皿を二人にすすめた。

「……なんのお話だったの」

「うむ、昔のね、私がドカンと儲けた頃の話をね」

「あら、またあの話……。アキバさん、これよ、これ」

ケイトは眉に唾をつける真似をして、肩をすくめて出て行った。

「……変ったって、どう変ったんですか」

秋場は、老人の顔をうかがった。

「うん」

老人は、一旦は踏みとどまったが、やはり話してしまいたかったらしい。

「あなたには聞き辛い話だろうがね。なにしろ、この辺では、そういう話をする相手もいないのでね」

彼はそう前置きをした。

「……つまり、結婚して、いざ自分たちの生計を立てるとなると、人間は変ってくるもんらしい。地が出るのかもしれない。素直な、いい子だと思っていたのが、いつの間にかそうでなくなって……。私は辛くなった。自分にも責任の一半があるような気がして、彼等とは離れて暮すことにした。その方が邪魔にならないだろうとも考えたからだ。以後ずっと、それでよかったんだ。向うも、つい忘れていたし、こっちも忘れていた」

老人は、ひと口飲んで、息をついた。

「……そのうちに、或る日、彼等は気がついたんだな。労せずして手に入る財産があるということにね」

彼は秋場の目を見詰めて、いった。

「気の廻し過ぎのように思うかもしれないが、私には、それが解った。私には少しばかり財産がある。運がよくて、時代の波に乗れたから出来たんだがね。そして、今、私の身寄りは、彼等しかいない」

秋場は頷いた。

「いくらか解って来ました。だから心配するわけなんだ」

「そうなんだよ。自分たちの目の届く範囲に私を置いておきたい」

「……なるほど」

秋場は、或ることに思い到った。

「身寄りが増えるのも、困るんですね」

老人は微笑した。

「気がついたかね」

「そりゃ、僕にだって、それくらいの察しはつきます。たとえば、あなたが気まぐれを起して、再婚する。そして、子供が出来て……」

老人は首を振った。

「もう出来んよ」

「ああ、そうですか。でも、養子を貰われるとか……」

「そう。それも考えたことがあった」

秋場は溜息をついた。

「困ったことですね」

「無理のないことかもしれない。秋場さん、あなたは、ケイトをどう思うかね」

「凄いほど綺麗な人ですね」

「そのほかには」

「それ以上は解りません」

「私とつき合うには、綺麗すぎるし、若過ぎると思わないか」

「さあ、それは、僕には解りません」

「……あれはコンドルだ、という人もいるらしいよ」

老人は笑った。

「困ったな。目に浮んで来ますよ」

「なにが」

「ほら、西部劇にあるじゃありませんか。ぐるぐる輪を描いて飛んでるところが……」

そう言いかけて、秋場は、すこし気がさした。調子に乗り過ぎたような気がしたのである。

老人の方も、同じ思いだったのか、その場の空気を吹っ切るように立ち上った。

「いやどうも失礼した。さ、向うで飲み直しましょう」

二人は外へ出て、また、パーティーに加わった。

秋場が、ふと、背中に視線を感じて振り返ると、ケイトが素早く横を向くところが目の隅に入った。

帰りがけに、ジミー・仲間は、人の目を盗んで、そっと秋場の耳にささやいた。

「待つ方もそりゃ辛いかもしれないが、死ぬのを待たれる身はもっと辛いよ」

秋場が頷くと、彼は秋場の手を握って、大きな声で、

「ではご機嫌よう。どうぞお気をつけて」

と別れの挨拶をした。

帰りも、ケンがホテルまで送ってくれた。

東京に帰って、会社に出ると、ジミーの甥が待っていた。

彼は、叔父がなにか秋場に託したのではないかと期待していたらしいが、ジミーは、秋場に、なにも言付けなかった。

それを知ると、彼は明らかな失望の色を浮べた。

「それで、どんな風に暮してるのかな。……なにせ、あの年だし、独身だしねえ」

眉をひそめて、

「身の廻りの世話をしてくれる女の、ひとりやふたり居る方が、安心でいいんだがねえ」

という。

その言いかたが、少々癇にさわって、秋場はつむじを曲げた。

「さあ、どうかな。ホテルでお目に掛ったから、そこまでは調査不能でね」

そして、ことのついでに、

「安心していいよ。とてもお元気そうだった」

と、つけ加えた。

細君が発見したのだが、洗濯屋が届けて来たアロハ・シャツの胸ポケットから、皺だらけになった花が出て来た。見るも無惨に色褪せ、もう匂いもなかった。

それを見たとき、秋場は、胸が詰まった。

よろよろ

庭のドイツあやめが、また咲いた。

宮野たちが越して来てから、二度目の夏である。

なぜ、ドイツあやめと呼ぶのか解らないが、妻の三香子は、そう呼んでいる。

越して来るとき、以前住んでいた家の庭から、沢山の苗木や鉢を運んで来た。ドイツあやめも、そのうちの一つである。

彼らの庭のドイツあやめには、紫色と、濃い黄色のと、ふたいろの花が咲く。くっきりとした夏らしい色の花だ。土が合ったらしく、庭におろした草木は、どれも元気がいい。

このあたりを走っている私鉄は、何年か前から、地下鉄と、相互乗り入れをするようになった。東京の都心部が、急に近くなったのである。それが、人を呼んで、以前は畑地と森がほとんどだったところへ、新しい住宅が建ち始めた。宮野夫婦の家も、その新しい住宅のなかの一軒である。

三香子が、どこかの店で貰って来たタウン誌に、この辺の郷土史の研究家が、こんなことを書いている。

それによると、私鉄の線路を横切り、彼等の家の下を通っている旧道は、つい数十年前まで、関東のシルクロードだったのだそうである。

江戸の頃から明治大正にかけて、八王子あたりに集められた土地の絹の荷が、その道を通って、横浜の絹問屋へ送られたのだという。

今も、途切れとぎれのその道をたどれば、曲りなりにも、横浜まで出られるという。

「シルクロードの横に住んでるなんて、随分ロマンチックね」

その話を聞いたとき、三香子は、自嘲とも皮肉ともつかぬ口ぶりで、そう呟いた。

東京の下町から移って来た彼等が、郊外暮しに馴染むまでには、まだ、かなりの時が要りそうだった。

いい面もあるが、暮し難い反面がある。

買物は不便だし、隣人も、商人も、肌合いがまるで以前とは違う。なにをとっても、住み馴れた下町のようなわけには行かない。

日常、その不満にぶつかるのは、主婦の三香子である。三香子が、いつ音を上げるかと宮野は内心ひやひやしている。

その三香子が、洗濯ものをロープに掛けながらいった。

「そういえば、四五日、加茂田が顔を見せないでしょう」

「そうだったかな」

宮野は、花壇のなかに、大きくなりかかった雑草を見つけて、引き抜いた。

「あの人、また事故起したんですって……」

「へえ……」

加茂田は、なんでも屋の主人である。加茂田の店には荒物から乾物、駄菓子の類まで置いてある。

店は旧道に面していて古くからの店らしい。

越して来て間もなく、宮野は、三香子に頼まれて、洗剤だかなにかを買いに出た。駅前のスーパーまで行くつもりだったが、加茂田の店を見つけて、そこで間に合わせることにした。

店には、四十がらみの、小柄で勝気そうな女がいて、てきぱきと応対した。ふたことみこと交すうちに、宮野は、女が彼等夫婦を見知っているらしいことに気がついて驚いた。

「田舎は油断ならないね、情報が早い」

「いやあね。私もじろじろ見られるの。物見高いのかしらん」

三香子も気付いていた。

その翌日、宮野が会社へ行っている間に、加茂田の主人がオートバイに乗ってやって来た。ご用聞きである。

加茂田の主人は、陽に灼けたがっちりした男で、その割におとなしい口をきく。のんびり立ち話をして行ったそうである。三香子は彼の口から土地の情報を聞き出し、彼の方は宮野一家の偵察をして行ったらしい。

「お宅の庭は、随分草花が入ってますねえ」

と、彼は三香子にいったという。

「花の名前なんか、案外詳しいのよね。……でも」

「でも、なんだ」

「すこし変り者みたい」

三香子は、そういった。彼女は、不思議に勘がいい。

「へえ」

宮野は聞き流して、そのときは別に理由も尋ねなかった。

加茂田は、初め足繁くやって来たが、そのうちに、二三日に一度というペースになった。毎日ご用聞きにやって来られても、夫婦だけの所帯ではそれほど頼むものはない。

三香子は加茂田を結構重宝に使っていた。

加茂田の店の品物は、結局間に合せにしかならない。仕入れに気を遣っていないようだし、三香子が欲しがるような新製品は置いていない。ただ、駅前まで買物に行くのが面倒なときは、加茂田で間に合せることは出来る。ご用聞きに来ない日は、電話一本掛けておけば、たいていのものは届く。

三香子は、ついでに、米や酒まで頼んでいる。加茂田は、近所の米屋や酒屋を廻って、そういう類のものも届けて来る。

加茂田には、ちゃらんぽらんなところがあって、頼んだもののうち、たいていなにかが欠けている。

「加茂田さん、お酢どうしたのよう」

「あ、忘れちゃった」

加茂田は、ヘルメットの天辺《てっぺん》を、ぽこんと叩いて笑う。まるで気にもしていない。商売っ気がないのである。

得意先も増えて、先行きを心配する必要もないといったところらしい。駅前の商店街が目に見えて充実して来ているけれども、宮野の家のような利用のしかたをする家庭も多いと見える。だから加茂田も、そのへんを心得ているようで、一向に動じる気配はない。

加茂田のオートバイは、かなり大型である。

がっちりした男だし、姿勢もしゃんとしているから、走っているところは、なかなか威風堂々としている。

宮野は、ときたま、加茂田のオートバイ姿を見かける。駅の近くとか、散歩の途中である。

加茂田は、遠くから宮野を見つけて、こっくりと頭をさげて挨拶する。

「加茂田さんは、目がいいんだね」

宮野がそういうと、加茂田は、

「ええ、海軍にいましたから」

と答えた。

「海軍か。道理で。船に乗ってたの」

「横須賀の海兵団です」

なるほど、と宮野は思った。姿勢のいいところや、陽灼けや、挨拶の具合に、海軍が残っている。下士官というところだろう。とすると、思ったより齢である。

「海は好きなの」

そう聞くと、加茂田は、にやりとした。

「そりゃあいいですよ」

そして、今でも、時々思い立って、横須賀のあたりまで海風に吹かれにオートバイで飛ばすのだと話した。

宮野は、加茂田と時折無駄口を叩くうちに、その口ぶりに隠された鬱屈を嗅ぎ取るようになった。

「この土地の人間は、駄目ですよ。厭な奴ばっかりでね」

加茂田はこんなことをいう時があった。

声をひそめている。

庭続きの隣家は、加茂田のいうこの土地の人間である。そこの細君とは、垣根越しに立ち話をすることもあるが、お節介と金棒曳きの両方の気がある。加茂田も、時には隣の細君に用を頼まれているようだが、そんなとき、加茂田の応対は素っ気ない。

宮野の家は、どうやら加茂田に気に入られているようである。

加茂田は、いつも宮野の家に寄ると、オートバイを降りて、一服して行く。

三香子に水を無心する。それを一気に飲み干して、煙草に火をつけ、庭の草花に見入っている。

「あれは、なんですか」

「あれは、ドイツあやめ」

「ははあ、いい花ですねえ」

丁度そのとき、ドイツあやめが咲いていた。

「いずれでいいんですが、これを一株分けて下さい」

しばらく眺めたあげくに、加茂田は、こういった。

越して来て初めての夏だった。

その後、加茂田は、忘れてしまったのか、花のことを口にしない。

宮野の方も、いいよ、とはいったが、どうせまた加茂田のちゃらんぽらんだろうと、そのことは話題にしなかった。

「事故を起したって、怪我でもしたのかね」

「さあ、私も、お隣から聞いたんだけど、入院したっていうから、足ぐらい折ったんじゃない」

「へえ」

「何度もやってるんですって、あの人」

「ふうん。スピード狂でもないのに」

実際、加茂田の運転は慎重である。のろのろ運転といってもいい。宮野が不思議そうな顔をすると、三香子は呆れたようにいった。

「だって当り前よ。年中酔っ払ってるんだもの……」

宮野は驚いた。

「いつだって酒臭いわ。あなた、気がつかなかったの」

「気がつかなかった」

陽に灼けているから、顔色まではあまり解らない。

「あれでスピード出したらイチコロよ。まっすぐ走れないで、よろよろしてるんだもの」

宮野は苦笑した。慎重な運転に見えたり、どこかもの憂げな物言いと思えたのは、ほろ酔いのせいらしい。

「そういえば、やたらに水を飲みたがるね。随分のどが渇く奴だと思ってた」

「あなたも鈍いのねえ。前に、うちの垣根に突っ込んで、壊しちゃったことがあるでしょう。……あの時は、あなた留守だったけど」

「そんなことがあったかね」

そんなこともあったような気がするが、壊したというのは、三香子の誇張である。生垣の細い枝が何本か折れた程度のことだ。

「あの時だって、酔ってたのよ」

「そうか。おかみさんがうるさくないのかね」

「出先で飲むのよ。出たら夜まで帰らないで、ふらふら走り廻ってるらしいわ。店になんか居たことないんですって」

三香子の口調には、隣家の細君の口写しのようなところがあった。

加茂田は、宮野と顔を合せると、最後に、

「なにかいいことありませんかねえ」

という。それが締め括りの言葉である。そして、苦笑いをしながら、オートバイに跨がる。

それが口癖のようになっている。

宮野は、そんな加茂田が嫌いではない。


宮野夫婦は、二日ばかり家を空けた。

三香子の実家は仙台にある。

母親の喜の字の祝いで、兄妹から親戚縁者まで集まるから、是非来て欲しいという誘いがあった。

行くか行かないかで散々迷った末に、三香子は行くことに決めた。

「今度はいつ逢えるか解らないものね」

三香子は、言訳するように、そういった。

三香子は、短大に入るために東京へ出て来て、それから東京住いである。東京で就職して、宮野と知り合って結婚しなければ、今頃はどうしていたか、それは三香子にも解らない。

「不思議なご縁で……というしかないわね」

と、三香子は宮野にそういう。

宮野もそう思う。

宮野も思い立って、三香子と同行した。

結婚前に挨拶に行ってから十年が過ぎていた。

「やっぱり北なんだな。緑が違う」

宮野は、仙台の街なかを歩きながら三香子にそういった。

帰りの列車のなかで、三香子は言葉すくなであった。

疲れたせいだろうと思っていると、こんなことをいう。

「駄目ね。仙台も、もう故郷っていう感じがしなくなったわ」

「そうか」

「いい人たちだし、いい町だけど、昔のようにしっくりと来ないの。それだけは、はっきりしたわ」

三香子の方から縁を切ったのか、故郷の方から縁を切ったのか解らないが、いつの間にか、三香子と生れ故郷をつなぐ糸が切れていた。三香子は、それを感じていたようだった。

留守の間の用心を頼んでおいた隣家に廻ると、細君が出て来た。

(なにかあったな)

顔を見ただけでぴんと来た。

土産ものを渡して、礼をいっている間も、もの言いたげにしている。うずうずしながら、待っていた様子である。

「なにか変ったことでも……」

宮野が言いかけると、待っていたとばかり細君は喋り出した。

彼等の留守中に、加茂田が来たという。

「へえ、入院してたって聞いたけれど、もう治ったんですか」

宮野がいうと、彼女は眉をひそめて、

「なに、大した怪我じゃないらしいんですよ。足を引きずってたようですけどね。……それよりも、あの人、お宅の庭に入り込んで、だいじなお花を盗って行っちゃったんです」

と訴えるようにいった。

宮野には、初め、その話の意味が呑み込めなかった。

「いえね。昨日の午後、私がお使いから帰って来ると、なんだかお宅の庭で、人の気配がするじゃありませんか。予定より早くお帰りになったのかなと思って、のぞいて見ると、加茂田さんが、お庭で、花壇を掘り返してるんですもの。私、もうびっくりしちゃってねえ。やめなさいっていってやったんです。そしたら、むっとした顔して、旦那さまと約束したんだから、いいんだって……」

彼女は、喋っているうちに、興奮して来たと見えて、一気にまくし立てた。

宮野は、やっと思い出した。以前約束したドイツあやめのことだろうと察しがついた。

「あ、それなら、その通りです。庭のドイツあやめがひどく気に入ったらしくて、一株欲しいっていうから、それじゃ、好きなときに持って行けばいいって、そういったんですが、そりゃ、すっかりお騒がせして」

成り行き上、宮野は加茂田を庇うような口のききかたになっていた。彼女の騒ぎかたが、いささか大袈裟なのに閉口して、その場を早く逃げ出したかったからでもある。

宮野の返事で、彼女はすっかり失望して、気勢を削がれた感じになった。

「それにしても、非常識ですわ。なにもお宅様の留守にお庭に入り込まなくても……。私、改めて、お宅様がいらっしゃるときに出直してらっしゃいって文句をいったんです。そしたら、余計なことをいうみたいにそっぽを向いて」

「そうですか」

「本当に困った人ですわ。酔っ払って」

「酔って、ふいに約束を思い出したんでしょう。いや、ご迷惑を掛けました」

宮野は退却した。

庭の花壇を見てみると、たしかにドイツあやめをいくらか持って行った形跡があった。もう花が終ってかなり経っているので、見た目にはほとんど解らない。あとの土は律儀に始末してあった。

加茂田の怪我は治ったらしいが、ここのところ、宮野は、彼の姿を見かけない。

或る晩、テレビを見ていると、三香子がふいにいった。

「ねえ、加茂田って、養子なんですって」

それは初耳だった。

「ここの土地の人じゃないんだって、お隣がいってたわ」

「ふうん」

「横浜の在の方から入り婿に来たんですって。……だから、あのおかみさん、あんなに威張ってるのね」

そう聞けば、いかにもありきたりだが、すべてに納得が行く。

「そうなのか」

「ねえ、うちから持って行ったドイツあやめ、どこに行ったか知ってる?」

「知ってるわけがないだろ」

「きっと墓地だって」

「墓地って」

「お隣から聞いたのよ。きっとお墓だろうって。彼の実家の方のお母さんのお墓が、この近所にあってね。加茂田はああいう人だけれど、お墓の面倒見だけはとてもいいんだっていう話よ」

「へえ」

「しょっちゅう掃除に行って、お墓のぐるりに、気に入った花を一杯咲かせて、そりゃもうほかのお墓とはくらべものにならないくらい光り輝いてるんですって……」

三香子はふっと声を落した。

「あの人も、淋しい人ね」

宮野の目には、今、丘の中腹にある墓地が浮んでいる。陽当りのいい、小さな墓地……。そこで、去年の夏、あのドイツあやめが綺麗に咲いてくれればいいが、と、彼は思っている。

シングルス

洋子から電話が掛ったとき、島村は、瞬間、しまったと思った。

洋子には、彼が間もなく香港の支店に転勤になることを、まだ知らせていなかった。正直なところ、忙しくて、仕事柄関係のある範囲にしか挨拶をしていない。あとは転勤先から、挨拶状で済ませるつもりだった。

以前ならとにかく、今は、外地へ転勤するからといって、会社が、出発前に、充分な時間の余裕をくれることはない。ぎりぎりまでに、なんとか前の仕事の整理と引き継ぎをして、鳥が立つように慌しく出て行くのが普通になっている。

洋子にも、落ち着いたら、向うから手紙を書くつもりだった。

多分それでいいだろうと思っていたけれど、それでは薄情かな、という気がしないでもなかった。洋子の声を聞いたとき、ちくりと心が痛んだのは、その所為《せい》である。

洋子は、島村が転勤する話を知っていた。

どこからか耳に入ったらしい。

それで、出発前に一度だけ鎌倉へいらっしゃい、というのである。テニスコートを取っておくから……。

島村は、気がさしている分だけ弱気になっていた。

そして、次の休日に約束をした。

島村はデパート勤めだから、休みは平日である。


鎌倉の駅に降りるのは、久しぶりだった。

日差しは、もう、真夏に近い。

洋子とは、裏駅の珈琲店で待ち合せている。

島村は、ラケットと着替えの入っているバッグをぶら下げて、眩しい日差しのなかを歩いて行った。

店へ入ると、洋子がいた。テニス姿の上に夏のカーディガンを羽織って、珈琲を飲んでいた。

すこし痩《や》せたかな、と、島村は思った。心持ち頬が落ちて、いくぶん色が白くなったようだ。

三十も半ばを過ぎているのに、その齢には見えない。

「おや、ひとり？」

「いいえ、ボール・ボーイは、トイレへ行ってるわ」

「髪を短くしたんだね」

洋子は頷いた。

「よく似合う。凜々しく見えるよ」

「そう」

洋子は口数がすくない。自分で、口下手だと思っているらしい。

「私、愛想が悪くて……」

と、洩らすこともあった。事実、蔭でそれをけなす男も多かった。

洋子は、島村の遊び仲間の一人の曾根と結婚していたが、別れて、男の子を引き取った。それから五年くらいになる。

洋子は鎌倉の実家に戻って、今は、フリーのライターになっている。流行の職業で、若い女が憧れる仕事だが、ひどく不安定で、自立は難しいらしい。

「親がかりの部分がなかったら、とてもやって行けないわ」

と、暗い顔をすることもある。幸い、洋子の実家は、彼女と子供くらいの面倒は、なんでもない。

「翔びそこねて、羽を折った女だな」

ある時、島村が、つい口を滑らすと、洋子は黙って返事をしなかった。内心その通りだと思っているらしかったので、島村は、その後、その種の冷かしはいえなくなってしまった。

テニスの相手としては、洋子は恰好であった。彼女は大学の頃、女子のランキングでは結構いいところまで行っていたらしい。

島村は、その頃の洋子をよく憶えていないが、真っ黒で、ばさばさした女の子だったような気がする。仲間の誰かが、時々洋子のグループをテニスに連れて来ていたかもしれない。島村は、それほどテニスに熱中した方ではないが、もちろん初心者ではない。洋子とは丁度いいくらいの腕前で、この何年かは、二人だけでよくゲームをした。

「コートを借りたって、どこの」

「逗子の方にね、知合いの家のコートがあってね。半分貸しコートみたいになってるの。場所もいいし、いいコートよ」

「こんにちは」

だいぶ少年らしくなってきた洋一が、島村に挨拶した。小学校の二年になった筈だ。洋子によく似た顔だちだが、幾分線が細い。

「おう」

と、島村は、洋一を眺めて、その胸をつついた。

「タッキーニか、凄え」

洋一は、ブルゾンの胸をおさえて、にやりとすると、

「そうです」

と答えた。


「アドヴァンテージ、フォー、ミス・トモダ……」

と、洋一がコールした。

「へえ、ミスと来たな」

「だって、そういわないと、ママが怒るんだもん」

「そうか」

「審判に話しかけないで下さい。ボールも拾わなくちゃなんないし、忙しいんだよ」

「わかった、わかった。ようし、メイク・デュースだ。行くぞ」

「来い、短足」

「あれえ、そんなこといっていいのか、こん畜生」

「柄悪いなあ、両方ともすこしつつしんで下さい」

と、洋一がいった。

「はいはい、申しわけない。それでは、一発かますぞ、弾丸サーヴ……」

久しぶりにボールを打つと、その手応えで気が弾んだ。

ゲーム中は、どんな悪態をついても、平気である。洋子は、そんなことは意に介さない。彼女の悪態もひどいもので、洋一にしばしばたしなめられる。

「イン、……デュース・アゲイン」

「なによ！　フォールトよ。ちょっと審判！　ちゃんとジャッジしてよ！」

「でも、入ってるよ。今のサーヴィス」

「ウソ！　どこに目がついてんのよ、ヘボ！」

「いい女が、そんな暴言を吐いてはいけません。今度いったら罰金を取ります」

島村は吹きだした。

「洋ちゃん、いい審判になれるぞ」

「テレビで、ウインブルドンの審判をよく見てますから。審判は冷静でなくちゃ」

「その通り、しっかり頼むよ」

「あんまし話し掛けないで下さい。プレイヤーは静粛に」

「あんましじゃなくて、あんまりでしょ、洋ちゃん」

「そうでした、ミス・トモダ」

第一セットは、島村が取った。

そこは、逗子の町のはずれの丘の上である。

洋子の知合いの家の敷地内にあるコートなのだが、風を防ぐための垣で、母屋とは隔てられていて、人の目からも遮られていた。

背伸びをすると、垣の断れ目《き》から、西日で光っている海が見える。

洋子が、用心深く日蔭に置いてあったバスケットと魔法壜を持ち出して、二人はお茶にすることにした。島村が、腹が減っていると言い出したからである。

「力が入らないよ。おや、うまそうなサンドウィッチだな」

コートが、ほとんど囲い一杯に造られているので、審判用の高い椅子だけはちゃんとあるのに、ほかには、腰をおろすベンチひとつない。

洋一は、冷たい紅茶の入った紙コップとサンドウィッチを持って、審判の椅子を占領した。

島村と洋子は、フェンスの際に場所を選び、並んで腰をおろした。

サンドウィッチは、胡瓜《きゅうり》とハムだったが、島村と洋一がほとんど平げた。洋子はごく少ししか食べなかった。

食べ終ると、洋子は煙草に火をつけ、島村にもすすめた。島村は手を振った。

「あら、やめたの」

「うん、煙草を嫌うお客も多いんでね。今はやめてるんだ。いつまた吸い出すかわからないけれど」

「そうお」

「君もやめてたような気がするが」

「やめたら、たちまち太り始めたの。それでまた逆戻りよ。丁度太る時なのね。なにを食べても太るの」

「ぼくは太らないよ」

と、洋一が口をはさんだ。

「そっと煙草を吸ってるんだろう」

「ウソだい。いやな匂いするし、煙くて」

「悪かったわね」

「ママも吸わない方がいいよ。部屋中、煙草臭いよ」

「そんなに吸うのかい、ママは」

「ウソよ。二箱ぐらいよ」

「徹夜で仕事したときなんか凄いよ。ママの部屋、煙でもうもうなの。灰皿はいっぱいになってるし」

「よく徹夜なんかするの」

「たまによ。仕事がある時は、急な仕事ばっかりだし、夜通しかかってやっと間に合せるみたいなことが多いの」

「かなり辛いね」

「辛くても仕方がないのよ。細々と仕事があるだけでもいい方らしいわ」

「ねえ、ぼくはね、大学に行ったら……」

「どうするんだい、大学に行ったら……」

「うん。テニス・クラブでコーチのアルバイトをするの」

「ふうん」

「それでね、お金を沢山ためて、ガラパゴスに行くの」

「そういうのよ」

洋子が苦笑する。

「ガラパゴスに行って、何をするんだい」

「トカゲの研究でしょ」

「大トカゲだい。ガラパゴスは、動物研究の宝庫なんだ」

「ママにお土産買ってきてね」

「なんのお土産」

「そうね、クロコのハンドバッグが欲しい」

「クロコって、なんなの、ママ」

「クロコダイルよ」

「ああ、ワニかあ。ガラパゴスに、ワニはいるかなあ」

「多分いるんじゃない。そう思うわ」

「ハンドバッグより、ワニを二三匹買ってくるよ。それを大きく育てれば、ハンドバッグなんか沢山出来るよ。でも、動物は税関がうるさいんだよ」

「よく知ってるな」

「結構忙しいんだよ。論文を書いて発表しなくちゃならないし、講演もしなくちゃならないし」

「そりゃ大変だ。よっぽど勉強しなくちゃ」

「そうなんだけどねえ」

洋子がけらけらと笑った。

「駄目なんだよねえ。勉強は嫌いなんだものねえ……」

「そうなんだ」

「仕方ないわよ。ママの子なんだもの」

「そう。……でも、多分なんとかなるよ」

洋一は澄ましている。

島村と洋子は、顔を見合せて笑った。

第二セットは、洋子が取った。

基礎が出来ているだけあって、洋子の打球は重い。体重がよく乗っていて、島村でも押されることがある。

第二セットの途中で、島村は、サーヴィス・ゲームをいくつか落した。しばらくブランクがあった所為で、サーヴィスが入らない。それで、力を加減したところを、いいように打ち込まれてしまった。

「元気がないわね。どうしたの」

「腹が痛くなった」

「沢山食べて、すぐ始めるからよ。少し休んだ方がいいわ」

「なに、大丈夫さ。だいじなゲームだ。負けられない。成績はどうなってたっけ」

島村と洋子は、ずっと、通算の成績を競っていた。

「通算二十五勝十七敗よ。私が八つ勝ち越してるわ」

「ほんとかい。よし、気を取り直して、頑張らなくちゃ。やっぱりちょっと休憩さしてくれよ。当分はゲームも出来ないから、一つ取り返して置かなくちゃ」

島村は汗びっしょりになっていた。タオルも、もうじっとりと濡れていた。幸い、身体の冷える気候ではない。

「香港は、確定なの」

隣で、ラケットのグリップをタオルで拭きながら、洋子が訊いた。

「うん」

「どれくらい行ってらっしゃるの」

「さあ、……どれくらいになるだろう」

島村は言葉を濁した。

「……二年か、三年になるか、……ぼくにもよく解らない。向うの事情によるしね」

なるべく刺激のないようにいった積りだったけれど、洋子の気持が波打つのが見てとれるような気がした。

洋子は目を伏せていった。

「長いのね」

島村は言葉に窮した。

さし当って、面白い冗談も浮ばない。

なにかいえば、洋子を傷つけてしまう結果になりそうである。

ここ数年、お互いの気持が次第に近付いていることを、島村も洋子も承知していた。

二人が、もし初めて知り合ったのなら、きっと一気にゴールまで行き着いたろう、と、島村は思っていた。

しかし、実際には、島村と洋子の間には長い友達づき合いがあった。友人としてつき合うのに馴れてしまったということがある。

洋子は一度結婚して、別れた。そのあと、

「やっぱり臆病になったわ」

という。

正確にいえば、ここ数年、二人の気持は近付いたり離れたりしているが、お互いにはっきりと意思を確かめあったことは一度もなかった。それは明日に譲って、とりあえず今迄通りの友人としてのつき合いを楽しんでいればいい。それが二人の間の暗黙の諒解だったように思える。

島村にとって、今度の香港行きは、その意味でもショックだった。突然決断を迫られても、そんな心の用意はない。

洋子から電話が掛ったとき、しまった、と一瞬狼狽したのも、その為だった。

三セット目は、全く伯仲といったところだった。

やっと、島村はサーヴィスが決り始め、お互いに自分のサーヴィス・ゲームをキープした。

ゲーム・カウント三―三。

長いラリーになった。

島村は、洋子のフォアに、深いボールを集めて、ネットにつくチャンスを狙った。

洋子も負けずに打ち返して来る。

そこで、一転して、バックを狙った島村のボールが、長過ぎた。

「アウト。……フィフティーン、ラヴ」

洋一が高らかにコールした。

しかし、それから、洋子が調子を乱した。

たて続けにサーヴィスを落し、ゲームを失った。それまで張りつめていた緊張の糸が、音を立てて切れたような具合であった。

「駄目だなあ」

と、洋一までが首を振る乱調ぶりである。

島村のサーヴィス・ゲームになった。

彼は、大きなモーションで、思いきりラケットを振った。

ボールは烈しい音を立てて、ネットの上端に当り、はね上って入った。

「レット!」

洋一が叫ぶと同時に、洋子は、大きくラケットを振った。ボールは大飛球になって、フェンスを越え、はるか遠くへと消え去った。

「ホームランだ。凄え」

洋一が目を丸くした。

島村は、洋子を見つめた。

「わざとやったな。……なぜ?」

「今日は、ここまでにしたいの」

「……でも、途中だぜ」

「ええ、この続きは、今度また……。第三セットの七ゲーム目、あなたのサーヴィスから始めるのよ」

「しかし……」

と、島村はいった。いいながら、なぜか、次の洋子の言葉を感じていた。

「……当分は出来ないぜ」

「それでもいいわ。でも……」

洋子は、うるんだ声でいった。

「……香港は近いわ。私、香港のコートで、このゲームの続きをしたいの」

「いいとも。いつでも遊びにおいで」

「ぼくも行くよ、ママ」

「いいわよ、連れて行ってあげる」

夜、東京へ帰る島村を、二人は駅まで送りに来た。そしていつまでも、手を振った。

もう一人の女

月曜日の朝、瀬尾と、妻の京子は、ちょっとした面倒について話し合わなければならなかった。

お手伝いの、きよ子が、帰って来ないのである。

きよ子が、瀬尾のところに住み込むようになってから、ふた月になる。

土曜と日曜の休みには、きよ子は子供の顔を見に行く。そして、日曜の夜に帰って来る。

それまで、その習慣に狂いはなかった。

「子供のぐあいでも悪いのかしらね」

「そうかも知れない」

「それなら、電話でも掛けてくれりゃいいのにね」

「それもそうだがね」

瀬尾は、トーストにマーガリンを塗りながら、時計を気にしていた。いつもの急行を逃がしてしまうと、次のはひどく混む。

「困ったわね。鍵をどうしよう」

「前の、あそこでどうだ」

「あそこは不用心よ。きよ子さん、帰って来ても、あの場所は知らないし」

「決めてある場所はないのかい」

「ないわよ。いつもはあの人がいるんだもの」

「そうか」

瀬尾は、トーストを、紅茶で流し込んで、立ち上った。

「俺、行かなくちゃ」

京子は、いつも彼より遅れて出る。

「三人になると、また不便なこともあるもんだな」

「他人ですもの。気を遣うわよ」

京子は不機嫌だった。

おもてに出ると、さすがに暑かった。

まだ睡気がのこっている。

道ばたの家で、夾竹桃《きょうちくとう》が咲いている。

駅に着く頃には、瀬尾は出がけのやりとりを、すっかり忘れていた。

待ち合せたように、いつもの急行がすべり込んで来た。


瀬尾が帰って来ると、出迎えたのは、きよ子であった。

眩しいような様子で、お帰りなさいまし、という。

鍵はどうしたのか、と訊ねると、笑って、奥さまのお勤め先にお電話しました、といった。

京子がドアに貼り紙をして行ったらしい。

電話をすると、すぐ鍵の置き場所がわかった。

「どこに匿《かく》して行ったの」

「エビネ蘭の鉢のなかです」

面白がっているふうであった。

ひと息置いて、

「……すみません。ご心配を掛けました」

と、きよ子は頭を下げた。

瀬尾と京子が結婚してから十年になる。

子供はまだ出来ない。

もう諦めていた。

何度か医師の門を叩いてみた結果、京子は子供の出来ない軀らしいということになった。

「可能性はあるんですが」

医師は、そういう表現をしたそうだが、それは京子を力づける役には立たなかったようである。

京子は、自分で仕事の口を探して来て、勤め始めた。親戚の歯科医の会計である。

瀬尾は、京子が勤めに出ることを好まなかったが、強いて反対は出来なかった。

京子は内心子供のことを気に病んでいた。

京子も瀬尾も、子供好きの方である。

医師の診断を聞いた当時、京子は、夜、声を殺して泣いていることがあった。

瀬尾は眠ったふりをしていたが、暗然となった。彼は、男だから、京子の気持がどんなものなのか、もう一つ察しがつかない。

そんなに思い詰めて貰いたくない。それが瀬尾の気持だった。子供のことは、仕方がないと思っていた。

京子が、勤めに出たい、と言い出したとき、瀬尾の頭に、まず浮んだのは、そのことである。家にいるより、外に出て、気を紛らす方がいい。瀬尾はそう感じた。家に、ひとりで居れば、つい考える。それに、勤め先は親戚だし、京子でもこなせる仕事である。瀬尾の判断は間違っていなかったらしく、京子は気持の安定を取り戻したようである。仕事の方も結構気に入った様子であった。

京子が勤め始めてから、瀬尾の家に、いろいろな変化が起った。

数カ月してから、京子は、お手伝いを頼みたいと言い出した。

共稼ぎだから、週に二回位の家政婦の費用はなんとかなる。

瀬尾は、初め、他人に家の隅々まで覗かれるのを気にして、消極的だったが、結局それも京子の言いなりになった。

その候補者が、お目見得にやって来たとき、瀬尾は気に喰わない女だと思った。丁寧な口と裏腹に、女は詮索好きな目つきで、家の中を見廻し、

「結構なお宅ですわ」

と、言わずもがなの口をきいた。子供がいないことを喜んでいるようだった。

「お目見得というより、こっちが調べられたような感じだな」

女が帰ったあと、瀬尾は不満をのべた。

「この頃の中婆さんは、みんなああなのかね」

「贅沢はいえないわよ。気はいいらしいわ」

京子は、話を決めていて、その女は、週に二日、通って来ることになった。

「この頃の家政婦さんは気位が高いから、言葉に気をつけて頂戴ね」

瀬尾は、京子から、そう釘を刺された。

ある日の夕方、瀬尾が、会社から自宅へ電話すると、話中の信号音が鳴っていた。

間を置いて何度掛け直しても、話中である。

一時間ほどして、やっと電話が通じた。

家政婦の声であった。

「すみません。奥様とお話ししていたので」

彼女は、そう弁解をした。

その女は、四五度通って来たあと、ばったりと来なくなった。なんの音沙汰もない。

腹を立てた京子が、紹介所へ問い合せると、

「ああ、あの人ねえ。やめたんです」

それなら連絡ぐらいしてからやめたらどうなのか、無責任じゃないか、と、京子がなじると、
その紹介所の女は、

「お宅は働き難いからと言ってましたよ」

と、暗にそっちが悪いような口ぶりだったそうである。

京子は、その電話の一部始終を再現して、くやしがった。

瀬尾も、いい気持はしなかった。悪いようにはしなかった積りである。それなのに、後足で泥を掛けられて、その上、あることないこと家庭の内情を言いふらされているのではないだろうか。他人を家のなかに入れるのは難しいなと瀬尾は、後悔した。

しばらくして、京子をまたくやしがらせる事件があった。

銀行から来た電話料の振替通知を見ると、通話料が倍以上になっている。問い合せてみると、憶えのない遠距離通話も入っている。

いくら調べさせても、料金の計算に間違いはないようだった。

京子は目を吊り上げて、

「あの女だわ」

と、怒り狂った。

してやられたことは確かだった。

夫婦の留守の間に、家政婦は、あちこちに電話を掛けて、長話を楽しんでいたらしい。

すべて、後の祭である。京子は、しばらくしょげ返っていた。

「仕方がないさ。他に被害がなかっただけでも、まあいいとしなきゃ」

慰めながら、瀬尾は苦笑した。夫婦してよっぽど甘く見られたのだろうと、苦い思いで胸が焼けた。


きよ子の話があったのは、京子の勤め先の歯科医からである。

きよ子は、その細君の知合いだった。

話によると、きよ子の夫は、商社員で、かなりの暮しをしていたのだが、女を拵《こしら》えて、きよ子と子供を置いたまま、家を出てしまったのだそうである。その細君は、京子にこう言った。

（気の毒な奥さんなのよ。働きたいけれど、経験もないし、水商売なんて無理みたいだし、どこかちゃんとした家で、お手伝いでもしたらって勧めたの。でも、難しいのよねえ。なまじ知合いの家では働き辛いし……）

歯科医の細君は、調子のいいところもあるが、親切な女である。

「ねえ、どうかしら。今度は身許もはっきりしてるし、いざとなれば下坂だって相談に乗ってくれるでしょうし」

下坂というのは、歯科医夫婦のことだ。

「しかし、子供がいるって話だろう」

「子供は兄さんだか誰だかに預かって貰うんですって。なにしろ住むところもなくなっちゃったらしいのよ」

京子の話を聞いていると、どうやらまた話はほぼ決っているらしい。

「ま、君さえ異存がないんなら」

瀬尾は、あっさりと折れた。

こういう下話があって、数日後に、きよ子が、ボストン・バッグを提げて現れた。色白で、細身の、どこか人目を避けるような風情の女だった。眼鏡を掛けていて、一見、学校の先生ふうにも見える。

「どう、あの人」

きよ子が席を立ったすきに、京子が訊いた。

「悪くなさそうだ。堅そうな人だね」

瀬尾は第一印象を、そう表現した。

きよ子の為に、部屋が空けられ、瀬尾の家は、三人暮しになった。

三日と経たないうちに、京子はすっかり気を許したようである。きよ子は利口な女で、瀬尾の家での自分の位置を、見事に心得てしまったらしい。

口が重く、少々暗いのが難だが、それは彼女の身の上の所為で、却ってうるさくないのがよかった。万事控えめだが、御用聞きや商人の応対はきっぱりしているし、立居も荒くない。

「やっぱり違うわね。奥さんとしては私より上みたい」

京子はこっそりそんな批評をした。

瀬尾も、面白がっていたが、いくらか窮屈な思いをしないでもなかった。

「二人も奥さんがいるようで、なんだか妙な気持だよ。行儀よくしてないと嗤われそうだし」

きよ子も、京子と同じ位の、三十半ばである。以前のように、パンツ一枚で家のなかをのし歩くのは気がひける。

「お行儀がよくなっていいわ」

京子は、瀬尾に体裁屋の一面があることをよく知っている。

或る晩おそく、瀬尾は、風呂上りのきよ子と、廊下で鉢合せした。きよ子は、髪をタオルで巻き、半ば透き通って見える薄いネグリジェを着ていた。

きよ子のそんな姿を初めて目にした瀬尾は、瞬間棒立ちになった。眼鏡を掛けていなかったから、きよ子だと思い及ばなかったのである。

瀬尾に、まじまじと眺められても、きよ子は動じた様子を見せなかった。彼の為に道をあけて、

「おやすみなさいまし」

と、会釈すると、すっと自分の部屋に入って行った。

あっという間のことだったけれど、瀬尾には刺激的な一瞬であった。それまで気がつかなかったけれど、ネグリジェを透して見えたきよ子の軀は、意外に豊かで、胸も腰も、人妻らしい厚味を持っていた。

瀬尾は、自分の床に帰ってからも、しばらく落ち着かなかった。

横の京子は、深く寝入っていて、ぴくりともしない。

瀬尾は、ひとり、寝つかれずに、宙を睨《にら》んでいた。


きよ子が、日曜の夜に帰って来られなかったのは、やはり子供が原因だったらしい。

「帰りがけに高熱を出しまして……。それでお医者様に行きましたら、運悪く日曜でしたでしょう。あっちで断られ、こっちで断られ、気が気じゃありませんでした」

「大変だったね。で、なんの病気だったの」

「やっと開いてるお医者様を紹介して頂いて、診て貰ったら、急性の腸炎らしいっていうんですの。それで至急手当てをして頂いて、夜中には、なんとか落ち着いたんですけれど」

「そりゃ心配だったね」

「私、そういう時は駄目なんですのね。気も動転してしまって、お電話しなけりゃいけないことも忘れて……、本当にご心配かけて申し訳ございません」

そう釈明されると、瀬尾も京子も、それ以上根掘り葉掘りするのは厭味に思えて、その件は、それまでという気分になった。

その週の土曜日、きよ子は出掛けて行ったまま、月曜日まで戻って来なかった。

瀬尾がたしなめると、きよ子は、黙ったまま、涙をこぼした。

彼が問い詰めると、きよ子は、やっと、

「主人が訪ねて来て、子供を渡せ、渡さないという話になって……」

と、それだけ言った。

「いろいろ事情は解るが、電話くらいはしてくれないと」

瀬尾は、京子の手前、念を押しておかなければならなかった。

次の公休に、きよ子は、申し訳なさそうな顔で出掛け、とうとうそれっきり消息を絶ってしまった。

夫婦は、初め顔を見合すだけだったが、そのうちに心配になって、下坂の細君に事情を打ち明け、心当りを探して貰うように頼んだ。

考えてみれば、きよ子の兄という人の住所すら聞いていなかった。

下坂の細君は、びっくりしたようである。

あわててあちこち当ってみたあげく、情報をつかんで、飛んで来た。

丁度週末で、瀬尾も京子も、家に居た。

「それが驚くじゃないの。あの人、子供なんていやしないのよ」

のっけから、そう言われて、瀬尾も京子も呆気にとられた。

「兄さんって人は、いることはいるの。でも、子供なんか預かっちゃいないし、第一、あの人、子供なんか生んだこともないんですって……」

「……でも、あの人のことは、ご存じじゃなかったの」

京子が反問すると、下坂夫人は、けろりとして、

「よくは知らないのよ。あの人がそう言ってただけ」

と答えた。

「……それにね、今度解ったんだけど、あの人は嘘の天才ね。ほら、旦那が女をつくって出て行ったっていうでしょ。全然逆なのよ。あの人がよその男と関係したんで、旦那が怒って出たんですって……。それが真相らしいのよ」

そして、下坂夫人の推測によると、恐らくきよ子は、休みの度にその男と会っていて、今度はいよいよどこかで同棲を始めたに違いない、というのである。

京子はただただ目を丸くするばかりだったが、瀬尾は、下坂夫人の話を聞いているうちに、

段々と自己嫌悪のような感情が湧いて来て、気持が沈むのを抑えられなかった。

自分には、よほど女を見る目が欠けているらしい。あんなおとなしやかな女に、手もなく丸め込まれていて、まるで気がつきもしないなんて……。

(俺は全くの甘ちゃんでしかない……)

それにしても、下坂夫人の話は意外であった。瀬尾も京子も、それからしばらくの間、すっかり落ち込んでいた。夫婦揃って手玉に取られた恥かしさで、思い出すたびに腹が立った。

やっと、その記憶が薄らいだ頃に、下坂夫人から、次の情報が入った。

きよ子は、その同棲していた男と別れて、さる会社の独身寮に、賄婦《まかないふ》として住み込んだのだそうである。しかし、そこでも、何人かの男と交渉が出来てしまって、そのあげくにごたごたが起きて、解雇されてしまったという。

「恐しいわね、ふだんはもの静かで、落着き払った人なのに……」

京子はまだ信じられないといった様子である。

「あの人が、そんな男狂いだなんて……」

「魔性っていうだろ。そういう素質があるんだろうな」

京子は、そこで、はっとしたように、瀬尾を見詰めた。

「……あなた。まさか、誘惑されなかったでしょうね」

瀬尾は、思わず息を呑んだ。

「されやしない」

誘惑されやしなかったが……。

瀬尾には、それが、大きな心残りになった。

なぜ、あの女は自分を誘惑しなかったのだろうか。

男の魅力がなかったのだろうか。

取るに足らぬ存在と思われたのだろうか。

妻にはとても話せないことだが、瀬尾には、今でも、つくづく、それが淋しいことに思える。

季節労働者

台風がひとつ過ぎて、空が高くなった。

そのマリーナも、九月に入ると、めっきり人影がすくなくなった。

今も、東京へ引き揚げるのだろう、駐車場で、車に荷物を積み込んでいる家族がいる。

夫婦と、よく陽に灼《や》けた子供が二人である。ショーツにゴム草履という、ここでの服装は棄てて、きちんと外出着に着替えている。

「帰りたくないんだよなあ、俺」

と、男の子がぐずっている。

それをたしなめる若い母親は、ハイヒールを穿いていた。イヤリングが、ときどき、傾いた陽のなかで光る。夏の、開放的な服装を見馴れた目には、珍しい眺めだった。

木村は、プールサイドの椅子に、背を預けて、その家族が出発するのを見ていた。

ばたんとドアが閉まり、うす青いかすかな煙をのこして車が出て行く。子供たちもそうだが、誰一人、ふり返ろうともしない。

その一家にとって、休暇は終ったのだ。

木村は、この時期のプールサイドが気に入っていた。

秋は、どこよりも先に、まず、水の上に来る。

今まで温んでいたプールの水の上に、ある日、ほんのささやかな兆しが現れる。

ほとんど、気のせいかと思われる冷たさ、どこかから、秘かにまぎれ込んで来たようなそれが、秋の兆しなのである。

木村は、プールサイドで、秋を迎えるのが好きだ。

去年も、その前の年も、そうだった。

それが習慣になっている。

今年も、木村は、この何日か、ここへ通っていた。

プールは、すいていて快適だった。

彼は坐っているのに飽きると、ときどき水へ飛び込んで、ゆっくりと泳いだ。

水泳は得意だけれども、以前のように飛ばすことはしない。

ゆっくり、ゆっくり、手や脚のひと掻きずつを楽しむようにして泳ぐ。水の柔らかな抵抗や、ふわりと身体を押し上げ、支えてくれる浮力を味わう。背や横腹を撫でて行く水の感触を確かめ、きめの細かさに秘かに感歎する。

時間を掛けて、何度か往復すると、水から上る。大きなタオルで、さっと身体を包むようにして拭い、また椅子に戻る。

持って来た小説本を読むこともあった。空を眺めたまま、何本も煙草を灰にすることもある。

そうして、秋を待っていた。

ぱっと、電飾が灯った。

赤と黄の、何百という電球が、光のロープになって、プールの周囲をめぐっている。

空の高みには、まだ残照が残っていたが、地上はもう暗くなりかかっている。

プールの水の中にも、照明が入って、泳いでいる少女の姿と、水着のあざやかな色をくっきりと浮び上らせた。

少女のはね上げる飛沫が、光を受けて銀色になる。たどたどしいクロールだが、細い身体が、よく水に乗っている。

プールの奥のステージのあたりから、まばらな拍手が湧き、ハワイアンの曲が流れ出した。派手なアロハ・シャツを着た五人ばかりのグループだった。

そのグループの、テーマらしい曲が終ると、リーダーが、手馴れた様子で、他のメンバーを紹介する。若いギタリストが人気者らしく、彼の番が来ると、女の声が掛った。その若者は、悪びれもせず、その声の方に微笑みかけた。

木村は、デッキチェアに、深く身をまかせたまま、耳馴れたハワイアンの曲に耳を傾けていた。

潮が動き始めたのか、波の音が聞え始めている。風はまだ、太陽の光の温みを帯びていた。プールの横の植込みには夾竹桃の花が咲いていて、白い花が、暗がりのなかで、宙に架っているように見える。

木村は、身体を伸ばしながら、今迄に、こうして、海風とハワイアン・バンドの調べのなかで、幾十の、いや、幾百の夜を過したろうかと考えていた。

戦中に東京の家が焼けてから、この海浜の町に住むようになり、その後、何度か転々としたのちに、また数年前から、此の町に帰り住むことになった彼には、此の風も、此の夜も、自分の皮膚のように馴染んだものなのである。

海浜の夏の夜に変りはないけれど、木村は自分が変りつつあることに気付いている。

毎年、同じように、プールサイドの椅子に寝そべっていても、年ごとに、周囲の景色が、彼から遠のいて行くような心細い感じがする。

自分でも、気持の冷えを覚えることがある。それが、年齢のせいなのか、判然とはしないが、以前のような胸の弾みや、ふくらむ期待は、とっくになくなっている。

自分の方から遠ざけてしまったのか、周囲が、彼を置き去りにしてしまったのか、木村は戸惑ってしまう。自分が、大きな写真のパネルの前に立っているような気がする。プールの水も、色電球の列も、写真の中の世界である。以前なら、なんの苦もなく溶け込んで行った世界が、今では、時間と空間を隔てた向うにある。

木村は、椅子を軋《きし》ませて立ち上った。

プールの横に、薄い緑色に塗られた、飲物のスタンドがある。

白い帽子をかぶった若い男が、手持無沙汰に腰掛けている。

木村は熱い珈琲を飲みたかった。

「ホット・コーヒーはやってません」

と、若い男は、無愛想にいった。

「冷たい飲みものだけです」

木村が迷っていると、彼は、背後を振り返って、建物の一角を指した。

「コーヒーショップに行けば、飲めますけど……」

そして、木村の姿を一瞥《いちべつ》すると、

「……でも、水着じゃ入れないんです」

と、つけ足した。

木村は、諦めて、並んでいる飲物の中から、バドワイザーの缶を選んだ。

若い男は、ストッカーの中から、冷えた缶を取り出すと、大型の紙のカップに注いだ。冷え過ぎていると見えて、あまり泡は立たなかった。

木村が、代金を払っていると、アロハ姿の男が来て、横に立った。バンドの一人らしい。

気がつくと、音楽はテープに替っていた。

一ステージ終ったところだろう。

彼もビールを買った。

その横顔に見覚えがあった。

よく陽に灼けて、艶のない顔をしている。

派手なシャツで遠目を誤魔化しているが、かなりの年輩だった。

痩せているのに、アロハの下の、腹のあたりに、かなりの脂肪がついているのが解る。

男の方も、眺められているのに気がついて、首を曲げ、木村を見た。

そうして、二人は、随分長い間、相手を見詰めていた。

やがて、男の表情がゆっくりと弛《たる》み始め、目が丸くなり、口の端が動いて、笑う顔になった。

「おう、おう」

木村も、同時に声をあげた。

「随分しばらくだったね」

と、いって、その男は、ビールをひと口啜《すす》った。

そして、真っ白なハンカチをどこかから取り出して、口の端を拭った。奇術師のような手つきだった。

「二十年位になるかしらん。……いやいや、そうじゃない。十年位だ。日比谷で会ったっけ。映画を観ようとしてて、その時に会ったんだ」

「そんなことがあったかい」

木村は驚いた。まるで記憶にない。

「そうだよ。あの時は、あなたは女の子を連れてて、ちょっと立ち話をしたんだけど、上の空だったんだ、きっと」

木村には、まるで覚えがない。

「待て待て、あれは、あなたの弟さんの方だったかもしれないな」

木村は苦笑した。

「その女の子っていうのは、美人だったかい」

「うん、正直いって、俺は女の子の方に見とれてたんだ」

「ほら見ろ、上の空は、あなたの方だったんじゃないか」

男は、くっくっと押し殺したような笑い声を立てた。

木村は思い出した。その笑いかたが、まだ、大学生だった頃からの彼の特徴だった。

木村は、その男をよく知らない。向うも同様だった。友人というより、同じ行動範囲のなかで動いていた他人である。

大学も違うし、遊び仲間も違った。ただ、何度も紹介されたし、海岸や、昔流行したダンスパーティーや、友人の家や、コンサートなどで、何度となく顔を合せた。ステージの上の彼も見馴れていた。セミ・プロの学生バンドでギターを弾いている彼の姿を、木村はよく覚えている。

木村も、以前は、ギターを弾いた。結婚前のことだから、三十年も昔のことだ。一時は、それを職業にしようかと考えたこともある。しかし、結婚して考えが変った。今ではギターのことなど忘れてしまっている。

「あなたが、まだやってるとは思わなかったな」

木村は、正直なところをいった。

「……あの頃の連中は、みんないなくなっちゃったからな」

「いなくなっちゃったね」

と、男は頷いた。

そして、うんと古いプレイヤー三四人の名前を指折り数えて、

「それ位だよ。バンマスのクラスが残って、ほかの連中が散り散りになっちゃった。今、サイドでいるのは、まるで知らない顔ばっかりでね」

「みんな、どうしたんだろう」

「さあ、どうしたのか、俺も知らない。商売替えをしたんだろうと思うけれど、めったに行きあわないしね」

「あなただけは、ずっとやってたの」

「そうでもない」

男は、ふっと学生のような顔になった。

「俺も、随分前にやめてね。ずっと商社に勤めてたんだよ。それがね、四五年前に、ふらっとハワイに寄って、その時から……」

男は、そこで言葉を切って、その時を懐かしむような微笑を浮べた。

「何度もハワイに行って、何度も見てるのに、例のフラのショウを見たとき、それが、ひどく

ショックだったんだね。あなた、あれを見たことあるかい」

「一度ある」

「どういったらいいか、あれにすっかり感動しちゃったんだよ。一緒に行った奴がいってたけどね、これは日本でいえば安来節の一座みたいなもんだねって」

木村は笑った。

「うまいことをいう」

「うまいことをいうよ。ぴったり言い当ててるのね。その通りだけど、俺は、あれがほんとのハワイアンなんだっていう気がしたのね。俺にはうまくいえないけれど、海の風に吹かれながら、芝の上で、歌って、踊って……、一人、凄い踊り手がいてさ、その女《こ》というか小母さんというか、それのフラと来ると、全身で話し掛けて来るんだよなあ……」

「ふうん」

「俺は震えちゃったよ。凄いと思ったね」

「それで、また、ハワイアンに戻ったというわけかい」

男は頷いて、にやりとした。

「それにしても迂闊《うかつ》だったなあ」

と、木村は呟いた。

「なにが……」

「俺は、ここ何日か、毎日泳ぎに来てたんだぜ。それなのに、あなたに気がつかなかったなんて……」

すると、男は、老眼の男が、新聞を眺めるような目つきで、木村を見て、

「わかるわけがないさ」

といった。

「……お互いに、まるで変ったよ。少し離れたら、まるでわかりっこない」

木村も、改めて男を見詰めた。

プールと、アロハ・シャツと、その他の背景や小道具を取り去ってしまうと、彼は、なんの変哲もない男に見えた。中年というより、初老というにふさわしい男、深い皺の刻まれた、疲れを感じさせる顔、丹念に手入れされてはいるが、薄さを隠し切れない髪、痩せて張りを失った身体つき。

木村は頷いた。

「こういう場所でなくちゃ、気がつかないな」

「そうだよ。街ですれ違ったんじゃ、まず気がつかない」

二人とも笑わなかった。

「あれは、なんていう女だったっけ……」

木村は、ふと思い出した。

「あなたのバンドに、ちょっと可愛い歌手がいたよね」

「ああ、いた。マギーだろう。森牧子」

「いや、そういう名前じゃなかった。マギーっていうのは、山名と一緒になった……」

「そうそう、今はロスに住んでる。山名は今、造園をやってるらしい。植木屋だよ」

「あれじゃないんだ。ちょっと太目で、目の大きい……」

彼は首をかしげた。

「というと、麗子か、……ちょっとだけいた……。でないとすると……」

彼は考え込んだ。そして首を振った。

「思い出せないな、この頭は、この頃なんにも出て来やしない」

「麗子じゃなくて、もう一人、藤沢へんにいた……」

「………」

「送ってったことがあるんで、覚えているんだけどね」

「藤沢か。思い出せないなあ。いくつもバンドを代ってるし……」

「初めの方だよ。サザン・アイランダースだったっけ」

「おいおい、混乱してるのは、あなたの方じゃないのか。俺はあすこにはいたことはないぜ」

「……思い出したよ。ヘレンだ。ヘレン津田」

「ああ、ヘレンか。すっかり忘れてた」

男は苦笑した。

「ヘレンはその後、どうしたか知ってるかい」

木村の質問に、男は答えかけて、手のなかの紙のカップをぐるぐると廻した。

「ヘレンはね……」

「……死んだよ」

「死んだ？」

「そうなんだ。事故だったっていうんだけど、本当は解らない。誰も詳しいことは知らないんだよ」

「自殺か」

「それも解らないんだ。男と一緒だったらしいという説もあるし、彼女の家からは、どこにも知らせがなかった。……だから、葬式には、誰も行ってない。とにかく、なにか事情があったらしいんだ」

木村は軽い溜息をついた。この年齢になると、あまり知人の消息を追ったりしない方がいいのかもしれない。

「トモさん、そろそろステージです」

若いギターの男が、知らせに来た。

「ああ、今、行くよ」

そういえば、彼の名は友近といった。木村はやっとそれを思い出していた。

彼は、カップを持ち上げて、乾杯の手つきをして見せた。そして、残りのビールを飲み乾した。

「じゃ……」

「またね」

彼は立ち上った。そして、なにかもの思うように、木村の方を振り向くと、

「あなたは、今、なにしてるの？」

と、聞いた。

「なにも……、ぶらぶらしてるんだよ」

と、木村は答えた。

「そうか」

「小さな広告代理店をやってたんだけれど、それをやめてね……」

木村は補足した。

「あの世界には、もう疲れたのさ。これから何をしようかと思案中でね」

そういってから、木村は、すこし後悔した。

言訳がましかったかもしれない。

「……で、あなたは……」

彼は、肩をすくめて答えた。

「いろいろ。……夏場だけはギターを弾いて歌ってるよ」

「そうか、ここにはいつまで？」

「九月の半ばまで。十五日にプールを閉めるんだ。それから先は、どうするか解らない」

そして彼は、くるりと背を向けて、ステージの方へ歩いて行った。

次のステージで、彼はマイクの前に進み出ると、〔ラヴリィ・フラ・ハンズ〕を歌った。声は嗄《しわが》れて衰えてはいるけれど、うまい歌だった。

それを聞き終って、木村は、そっと席を立った。

（お断り）

本書は１９８６年に文藝春秋より発刊された文庫を
底本としております。
あきらかに間違いと思われるものについては訂正いたしましたが、
基本的には底本にしたがっております。
本文中にはトルコ風呂、たねなし、聾、ヒモ、女給、ダッチワイフ、女郎、
チンピラ、中婆さん、植木屋などの言葉や
人種・身分・職業・身体等に関する表現で、現在からみれば、
不当、不適切と思われる箇所がありますが、著者に差別的意図のないこと、
時代背景と作品価値とを鑑み、著者が故人でもあるため、原文のままにしております。
差別や侮蔑の助長、温存を意図するものでないことをご理解ください。

神吉 拓郎（かんき たくろう）

1928年（昭和３年）９月11日―1994年（平成６年）６月28日、享年65。東京都出身。1983年『私生活』で第90回直木賞受賞。代表作に『ブラックバス』『たべもの芳名録』など。

P+D BOOKS

ピー プラス ディー ブックス

P+Dとはペーパーバックとデジタルの略称です。
後世に受け継がれるべき名作でありながら、現在入手困難となっている作品を、
B6判ペーパーバック書籍と電子書籍で、同時かつ同価格にて発売・配信する、
小学館のまったく新しいスタイルのブックレーベルです。

私生活

2020年2月18日　　初版第1刷発行
2024年7月10日　　第2刷発行

著者　神吉拓郎
発行人　五十嵐佳世
発行所　株式会社　小学館
〒101-8001
東京都千代田区一ツ橋2-3-1
電話　編集　03-3230-9355
販売　03-5281-3555
印刷所　大日本印刷株式会社
製本所　大日本印刷株式会社
装丁　おおうちおさむ（ナノナノグラフィックス）

ISBN978-4-09-352384-4

P+D BOOKS